吹雪の彼方

小笠原晃紀
Kohki Ogasawara

秋田文化出版

目次

吹雪《ふぶき》の彼方《かなた》

登場人物

日清戦争に勝利した日本は三国干渉により遼東半島を返還した。しかしロシアは満州に進出し、朝鮮半島にまで食指を動かした。日本軍は日露戦争に備えて各地で耐寒訓練を挙行。八甲田山雪中行軍もそのひとつだった。

長谷川《はせがわ》貞三《ていぞう》　雪中行軍の生き残り。日露戦争に従軍。

神成《かんなり》文吉《ぶんきち》　雪中行軍隊隊長。長谷川貞三の幼馴染。

伊藤《いとう》格明《ただあき》　雪中行軍の生き残り。日露戦争に従軍。

倉石《くらいし》一《はじめ》　雪中行軍の生き残り。日露戦争に従軍。

福島《ふくしま》泰蔵《たいぞう》　雪中行軍成功の三一連隊隊長。

立見《たつみ》尚文《なおぶみ》　第八師団・師団長・中将《ちゅうじょう》。

秋山《あきやま》好古《よしふる》　騎兵旅団（秋山支隊）長・少将。

種田《たねだ》錠太郎《じょうたろう》　秋山支隊・大佐。

津川《つかわ》謙光《やすてる》　青森歩兵第五連隊長・中佐。

留吉《とめきち》　八森《はちもり》村　古老漁師。

桜田《さくらだ》孝市《こういち》　秋田県師範学校　助教師。

山口《やまぐち》鋠《しん》　青森歩兵第五連隊・少佐。

吹雪の彼方　目次

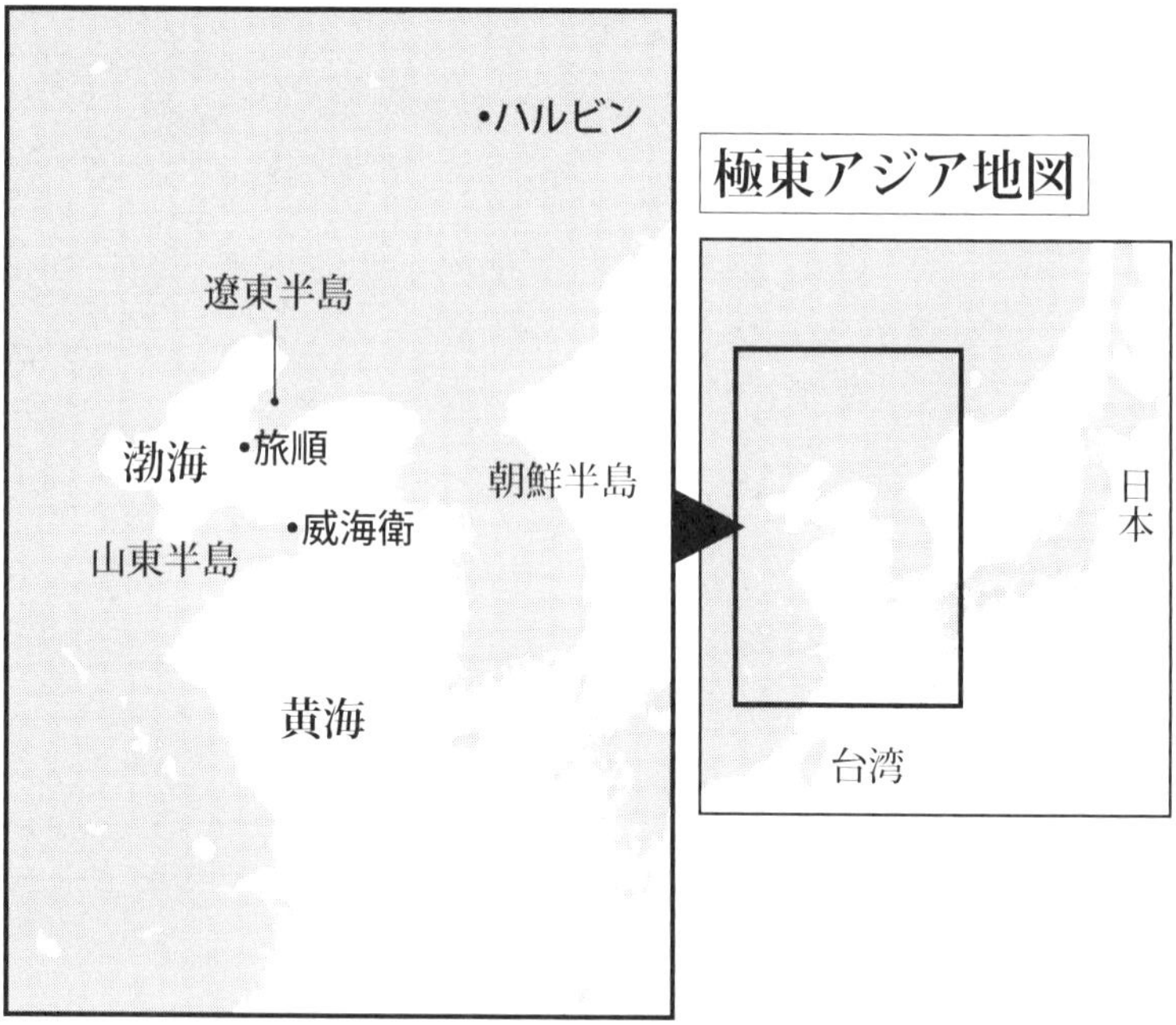
極東アジア地図
ハルビン
遼東半島
旅順
渤海
威海衛
山東半島
朝鮮半島
黄海
日本
台湾

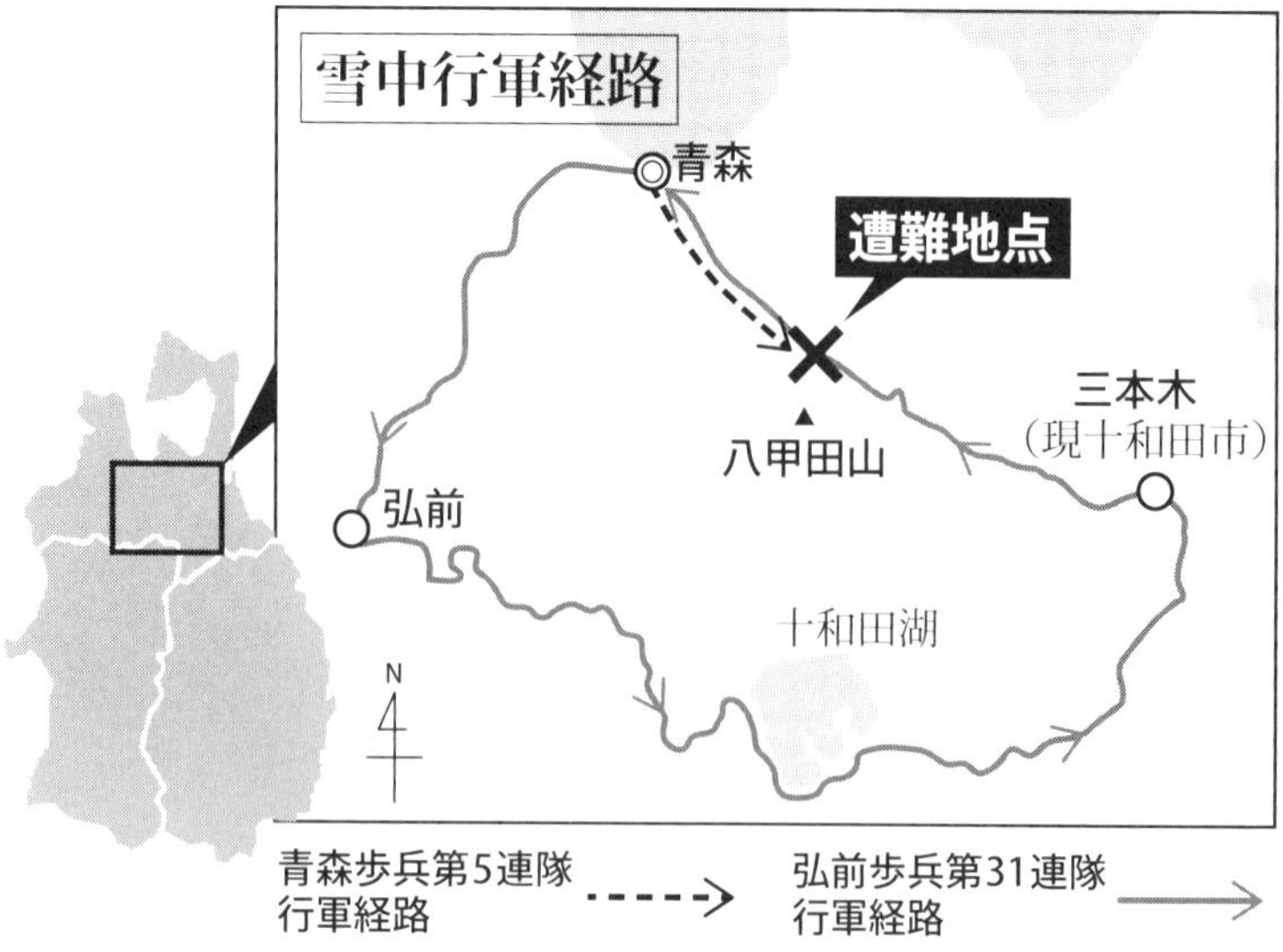
雪中行軍経路
青森
遭難地点
三本木
(現十和田市)
八甲田山
弘前
十和田湖
N
青森歩兵第5連隊
行軍経路
弘前歩兵第31連隊
行軍経路

プロローグ

風にのって聞こえる太鼓の音。

ドロンドロンと腹の底にひびくのは綴子大太鼓。

もうそんな季節か。


綴子は「つづれこ」と読む。アイヌ言葉とか、つづら折りの地形とか、地名の由来については諸説ある。

綴子大太鼓は秋田県鷹巣町《たかのすまち》（現・北秋田市）綴子に鎌倉時代から伝わる民俗芸能で、八幡宮綴子神社に雨乞いと豊作を祈願する祭りだ。

太鼓をかぞえる単位は張《はり》。綴子にはバチで叩く膜面《まくめん》の直径が二メートルを超える大太鼓が六張もある。うち四張が直径三メートル超えで、最も大きいのは三・八メートルである。

膜面は牛革。生皮を米糠《こめぬか》と一緒に一ヶ月ほど水に浸け、脂《あぶら》を抜いてカラカラになるまで乾かす。また水で戻して柔らかくし、均一になるように厚い部分を丹念に削ぎ落とす。こうして鞣《なめし》を終えると皮は革になる。

二頭分の革を縫い合わせ、膜面より大きな円形に裁断。膜面の丸い鉄枠に革を被せ、折り返した余白に通したロープをダイヤ状に張る。最後にカザガエシと呼ばれる美しい化粧枠を縫いつけて膜面が完成する。

当然、膜面を取り付ける胴も大きい。口径三メートル、長さ四・三二メートル。材質は杉で、厚さ四〇ミリ、幅二メートルの側板《がわいた》を竹の箍《たが》で固定する結桶《ゆいおけ》構造。強度を高めるため内部に鉄骨を組み、琴線を張ってひびきをよくする。

大太鼓一張の重量は三・五トン。とても人力では動かない。クレーンで吊りあげ、台車に載せてトラクターで牽引する。大太鼓の上には前方と後方に六人ずつ、合わせて一二人の叩き手が乗る。叩き手は両手に長さ一メートルのバチを持ち、スキーのストックのように下むきにふりおろす。

ドロンドロンと鳴りひびく低音は空気をふるわせて雲を呼び、いかにも雨をもたらしてくれそうだ。

膜面もそれほど大きくなく、荷車に載せた大太鼓を馬や牛、人力でひいていた明治一四年（一八八一）の夏。

ふたりはまだ子供だった。

一、鷹巣

貞三《ていぞう》は文吉《ぶんきち》の背中を追いかけている。

大股で駆けるように歩くが文吉との差はなかなか縮まらない。いつもは優しい文吉が一歳年下の貞三を気にする素振りもない。

今日は七月一五日。年に一度、八幡宮綴子神社に大太鼓が奉納される日だ。綴子集落の上町《うえまち》と下町《したまち》がそれぞれに出陣行列を仕立てて練り歩く。両町の行列が辻角で出くわせば「道をゆずれ」「ゆずらぬ」でケンカになる。それで観衆がワッと沸く。

この先陣争いが激化してケガ人が出たり太鼓が壊されたりが続き、昭和に入って両町が話し合い一年交代での奉納となった。先陣争いのケンカがなくなった替わりに太鼓の大きさを競うようになるのだが、この時の貞三と文吉にはそれを知る由もない。

ズンズンと先を歩いていた文吉が人だかりのうしろで立ち止まる。ようやく貞三が追いついて息を整えた。

ジンジンジー、山ごと揺さぶって蝉がけたたましく鳴いている。

ふたりは見物客の隙間に潜りこみ一番前に出た。

「きた、きた。あっちからも。こっちからも」

ふたりが立ったのは辻角の向かい側。辻角には郵便取扱所があって、二本の道が郵便取扱所の前で八幡宮綴子神社に続く一本道になっていた。

出陣行列の先頭は露払太夫《つゆはらいたゆう》もしくは野次払《やじはらい》と決まっている。次いで団旗、豊年旗、陣旗、紋旗、大纏《まとい》、小纏、侍、大鳥毛、小鳥毛、槍、弓矢、長刀、鷹匠、鉄砲、挟箱《はさみ》、押えの槍、獅子三頭、笛吹、小太鼓、中太鼓、大太鼓と続く。

「ケンカになるかなぁ」

「おっかないか?」

文吉にからかわれて貞三は首を横にふった。

「左からきたのが上町だ」

「なんでわかる?」

「あの格好は野次払。野次払が先頭なのが上町」

野次払は四人の若衆だ。白足袋《しろたび》に草鞋《ぞうり》。三つ葉葵《あおい》が染め抜かれた肌着と前掛け。肩から足首までゆったりと羽織ったのは紅白の長襦袢《ながじゅばん》。両袖をたくしあげてタスキがけ。腰に黒帯。白鉢巻を前で結び、背丈を超える棒を持っている。邪気を追い払う棒術の使い手が野次払なのだ。

「右からくるのは？」

「下町の露払太夫」

露払太夫はひとりの老人だった。紫色の烏帽子《えぼし》。黄色の渦巻き模様が散らばった緑色の着物。袖が異様に長い。袴《はかま》に、二〇センチの高下駄。馬の尻尾がついた短い棒は左右にふるたび長い毛がゆっくりついてくる。

郵便取扱所の前で野次払と露払太夫が出くわした。相手の姿を認めると両者はそれぞれ後方をふり返り、両手を上げたり片手をふったりした。

それを合図に両町の囃子《はやし》がやんだ。

ジンジンジー、われこそが夏の主役と辺り一面、蝉の音《ね》がふりそそいだ。

野次払のひとりが前に出て棒で地面にドンと突きを入れた。

「ヤーヤー、われらは上町の出陣行列じゃぁ。おとなしく道をゆずれば何もせぬ。痛い目にあいたくなかったら、行列が通り過ぎるまでそこに腰かけて休んでいろ」

「礼儀を知らぬ若造め。年寄りに道をゆずるのが筋じゃろう」

「爺さん。やるってのか」

「そちらがその気なら仕方がない」

「手出しは無用。おれひとりで十分だ」

野次が棒を空中に投げ飛ばす。

〝喧嘩は素手でやる〟それが決まりだ。

いきなりふりまわした右拳《こぶし》がかがんでよけた太夫の烏帽子を折り曲げ、突き上げた左拳は尻尾の棒を弾き飛ばす。続けざまの右拳に顔面がゆがみ、裂けた唇から血がしたたり落ちた。

貞三は文吉の手を握る。

「用事を思い出した」

「逃がすか」

太夫の長い袖を野次が掴む。その袖がちぎれて逃げ延びる。追いかけた四人組が太夫を捕まえた。気がつくと四人組は屈強な男たちに囲まれていた。下町の野次払八人組だった。

「構わねえ。やっちまえ」

四人組は手当たり次第に殴りかかった。バキッとほお骨を割り、ゴンとあごを蹴りあげた。

八人組は勢いに押される。反撃しようにも自分の前に味方がいて、うかつに手が出せない。

ケンカは四人組の勝利に終わるかにみえた。その時、露払太夫が尻尾の棒で小太鼓をボンボンと叩いた。すると八人組はふたり一組となり、ひとりが敵の腰にぶら下がって動けなくすると、もうひとりが背中や頭を存分に打ちのめすのだった。形勢は逆転し、上町の四人組はその場に組み伏せられ、この年の先陣争いは下町の勝利となった。

貞三と文吉の前を下町の出陣行列が意気揚々と練り歩く。

家紋は五七の桐。槍の先に千成瓢箪《せんなりびょうたん》。豊臣家の家紋と馬印だ。

綴子大太鼓祭りが始まった鎌倉時代には源氏と平氏に分かれて先陣争いをしていたが、江戸時代中期になって関ケ原の戦いの東西両軍に扮《ふん》するようになった。

「先まわりするぞ」

文吉が裏山に駆け上がるのを貞三が追いかけた。鬱蒼《うっそう》と生い茂った雑木林の中に文吉の背中が消えては現れる。

（おいてかないで）

けもの道を駆けめぐって小さな崖を飛びおりると広い参道があった。目の前の大鳥居を潜った先に境内《けいだい》がある。境内の周囲はケヤキやカツラ、クスノキの巨木が立ち並び、陽射しをさえぎって真夏の昼間に暗がりをつくりだしていた。

正面に八幡宮綴子神社の本殿。左手前に注連縄《しめなわ》を巻いた千年柱の巨木。近くに大きな湯釜があった。

文吉は貞三の袖をひいて千年柱のそばに寄った。「湯立ての神事」が始まるのだ。湯釜はさかんに蒸気を上げている。宮司が一礼し、藁《わら》の束で湯を掻き混ぜるとまたいっそう白い湯気を立ち昇らせた。宮司は掻きまわして立つ気泡の柱と湯気の昇り方を見て今年の作柄を占うのだ。

「今年は豊作！」

宮司が叫ぶと見物人から歓声があがった。


「きたぞ。下町のぶっ込みだ」

「ぶっ込み」とは、露払太夫の口上に始まり、出陣行列の役柄ごとに神前で披露する奉納踊りの総称だ。それぞれが大砲をぶっ込むような勢いで踊るため、いつからか人々はそう呼ぶようになった。

参道に下町の出陣行列が居並んだ。笛が唄い、太鼓が弾け、鉦が笑っている。

出陣行列は囃子に合わせて一斉に「シッサー」と叫んで片足を横に出し、それを軸にしてまた「シッサー」のかけ声で方向転換。「シュー」で軸足をひき、手に持った棒や槍や鋏箱を天高く突き上げる。大鳥居の前でこの動作をくりかえし、出陣行列はようやく行進を止めた。片袖のない露払太夫が大鳥居の下を潜った。下町の出陣行列についてきた大勢の見物客が押し寄せて、境内を取り囲んだ。

露払太夫は境内の中央で本殿に一礼し、馬の尻尾を左右にふった。

トザイ、トーザイ
東北西南　穏やかに
枝もはびこる御代の松
長き道中は太平楽
郷中の雨、宮功《くごう》の雨霰《あめあられ》
落ちれば同じ谷川の水
飲んで二つに変わりない

そもそも踊りの始まりは
今日として始まらぬ
京都・天竺《てんじく》・数多《あまた》国
数多千人、人頼み
勧請《かんじょう》七年、苦集《くじゅう》七年
合わせて一四年

廻りますれば
高い所に宮を建て
低い所に田を開き
日本一の太鼓調子で
すっぽり囃して参ろう

「なんて言ったの?」

「世の中いろいろあるが、全部忘れて踊ってしまえって」

八人の野次払は本殿に向かって二列になり囃子に合わせて踊った。踊りと言ってもそれは棒術の型を見せるものだ。勢いよく斜め上に「ヤーッ」と棒を突き出し、見えない敵の喉首を突く。「エイッ」と互いに打ち合い、「トウッ」と飛び上がって天空の邪気を刺し貫く。りりしい若衆のぶっ込みに娘たちが黄色い歓声をあげた。

獅子三頭は長い髪をふり乱し、飛びまわって腹の小太鼓を打ち鳴らした。迷《まよ》い子を捜す親の苦しみと再会の喜びの踊りだった。

ぶっ込みの最後は大太鼓の奉納だ。直径二メートルの大太鼓を載せた荷車は人力で境内の中央までひかれ、ぐるりとまわって膜面を本殿に向けた。笛と鉦の囃子に合わせて、両脇の叩き手が長いバチを打ちこむ。肩甲骨《けんこうこつ》の筋肉が波打って、跳ねた。

文吉を追いかけて貞三も参道に出た。

坂をおりきったところで先を歩いていた文吉が足を止めた。

貞三は走った。

「ごめん。速く歩くから」

「いや、いい。俺がゆっくり歩くから」

「あぁ面白かった。来年も一緒にこようね」

「来年はこられない」

「どうして？」

「町の中学にゆく」

文吉はポケットから卵形の黒くて平たい石を取り出して見せた。

「一緒にこられないかわりにこれをやる。どんなにぶつけても欠けないし、熱を吸っていつまでも暖かい不思議な石だ。何年も前から持ち歩いているがこれを貞三にやる」

「そんな、文吉さんのお守りみたいな石、もらっていいの？」

文吉がうなずいて貞三の手に黒い石を握らせた。

「貞三は尋常小学校を卒業してからどうするんだ？」

「三男坊だから寺の小僧になれって」

「爺さんが言ったんだろう？」

貞三は信心深い爺様を思い出してうなずいた。

「中学の先は？」

「教導団。軍人をつくるところだ」

「文吉さん、軍人になるの？」

「そうだ。貞三もそうしろ」

「でも……」

「でも何だ。おっかないか？」

貞三は強く首を横にふった。

「親孝行したいから」

文吉は貞三の顔を覗《のぞ》きこむ。

「貞三は優しいな。でもな、寺の小僧になるだけが親孝行の道ではないぞ。軍人は月に一度お国から俸給をいただける。将校なら家に仕送りができるほどになるそうだ」

米代川《よねしろがわ》沿いを上流方向に歩いている。

背中の夕陽がふたりの前に長い影を伸ばしていた。

「日が暮れる前に家に着きたいだろう？　すこし速足にするぞ」

大股で歩く文吉の横で貞三は駆けながら問いかけた。

「どうして文吉さんは軍人になりたいの？」

文吉が足を止めた。

貞三は叱られると思い、息を止めて文吉の目を見つめた。

文吉の美しい目元が笑っている。

「西郷さんは知っているな？」

「維新三傑の？」

「そうだ。その西郷さんを大将に担《かつ》ぎ上げて士族が西南戦争を起こした。でも負けて西郷さんは死んだ。四年前のことだ。斃《たお》したのは平民の政府軍だ。百姓や商人が侍に勝ったんだ」

ふたりはまた並んで歩き始めた。

「学校で四民平等と教わっただろう？」

「うん」

「軍隊は本当に四民平等だそうだ。平民でも将校になれる。たしかに今でも士官学校は士族出身でなければ入れない。でも士族より平民が強いことを西南戦争で証明した。だから陸軍は教導団をつくった。平民のための士官学校さ。そして俺は」

と言って文吉は葦原《あしはら》を指さした。

「葦になりたい。葦は毒を吸って土と水を綺麗にする。悪党をこらしめて住みよい世の中にしたい。だから軍人になる」

「文吉さんが葦なら貞三は何になればいい?」

「貞三は熊笹になれ。強く根を張って土を固めるまとめ役だ」

「うん。わかった。貞三は熊笹になる」

貞三は文吉の袖をひっぱって、甘えるような声を出した。

「ねぇ、文吉さん来年も一緒にお祭りにこようよぉ」

「こられないって」

「そんなこと言わずに。ねぇ、文吉さん、ねぇ、ねぇ」

「また始まった。ほんとに貞三は諦めが悪いんだから」

「お祭りの日だけ村に戻れないの?　ねぇ、文吉さん。ねぇ」

貞三は夕闇の中を懸命に、文吉の背中についていった。

二、黒《こっ》溝《こう》台《だい》

風にのって聞こえる太鼓の音。

ドロンドロンと腹の底にひびくのは綴子大太鼓。

もうそんな季節か。


「おい、長谷川《はせがわ》君」

(何ですか、あらたまって。いつも通りよび捨てにしたらいいのです。文吉さん)

「おい。起きろ。長谷川君」

(寒い)

「あぁ。伊藤さん。どうしたのです?」

伊藤格明《いとうただあき》は窓際に立っていた。

「大砲の音が近づいてきていると思わんか」

「あぁ。あれは大砲の音でしたか」

ベッドに腰をおろして長谷川貞三に向き直った。

「大砲じゃなくて何の音だと思ったのだ?」

「綴子大太鼓の音だと」

「その、つづれこ……とは何だ?」

「綴子大太鼓は私の村の祭りです。今、夢を見ていました」

「こんな時に夢を? たいしたものだな。私は妻と娘のことを考えていた。ふたりを残して死ぬわけにはいかない」


明治三八年(一九〇五)一月二五日。

長谷川貞三は遼東半島の狼洞溝《ろうほうこう》という小さな村にいた。窓から朝陽に細氷(ダイヤモンドダスト)がきらめいているのが見える。

(あの日もそうだった)

「子供の頃に文吉さんと祭り見物に行った時の夢でした」

「そうだったのか。神成《かんなり》から聞いたと思うが、俺たちは日清戦争の威海衛《いかいえい》作戦が初陣《ういじん》だった」

「伊藤さんも、魔女の下の牙にいたのですね」

「なんだ？　その、魔女の下の牙とは」

「尋常小学校で世界地図を始めて見たとき私には極東アジアが魔女の横顔に見えたのです。魔女は先の尖《とが》った鷲鼻《わしばな》と相場が決まっていますよね。その鼻が朝鮮半島。ハルビンの辺りが目です。魔女は日本に顔を向けて牙をむいている。上の牙が遼東半島。先端は旅順《りょじゅん》。下の牙は山東半島でその先端が威海衛。あけた口の中が渤海《ぼっかい》。外側が黄海。子供の私は日本が魔女に喰われてしまうのではないかと、その夜は眠れないほど心配したものです」

「なるほど。そう言われてみると、そのようにも見えるな」

伊藤格明はひざの上に地図を広げていた。

「それじゃぁ、ここは？　台湾は魔女の何だ？」

「あぁ。台湾は魔女の口からこぼれた餅です」

「こぼれた餅？」

「えぇ。こぼれたのだから、もう魔女のものではない。日本が拾っても文句はない」

「面白い。帰ったら待機組に教えてやろう。俺たちは魔女の上の牙で戦ってきたのだと」

長谷川貞三はベッドに腰かけたまま両拳をひざの上に置いて背筋を伸ばした。

「伊藤さん、教えてください。威海衛での文吉さんのことを」

懐中時計に目をやった。

「将校会議にはまだ三時間あります。どうか教えてください」

うなずいて、軍が接収した民家の天井を見上げた。

「日清戦争では黄海の制海権を握ることが最優先課題だった。そのためには長谷川君の言うところの〝上の牙〟と〝下の牙〟を抜かねばならん。旅順と威海衛には北洋艦隊の基地があったからな。日本軍は一気に鷲鼻を北上し、海沿いに上の牙を南下して旅順に向かった。今では信じられないが日清戦争ではたった一日で旅順を攻略したのだ。

次は下の牙。俺も神成も特務曹長になりたての頃だ。山東半島は先端に行くほど細く研ぎ澄まされ、半島の背骨となる丘陵地が付け根から先端まで続いていた。

明治二八年（一八九五）一月二六日、背骨をはさんで威海衛の反対側・栄城湾に上陸。海沿いの北路軍と山越えの南路軍に分かれて威海衛を目指すことになった。俺たち第五連隊は南路軍だ。最初のうちは清国軍の抵抗が全くなく行軍は順調だった。下の牙の東側は温暖で真冬でも歩くと汗をかいた。しかし背骨を越えると様相は一変。耳と鼻を削ぎ落とすような冷気が吹きつけた。地面は凍結し、絶え間なく雪が降った。

そこに清国軍が背骨の砲台から撃ちこんできた。俺たちは窪地に潜りこんだが次々と頭上に砲弾が落下し、何十人も死んだ。我々の砲兵隊も大砲数門をひいていたが、はるか後方で停滞していた。数名の特務曹長が集められ砲兵隊に作戦を伝えるために走れと命令された。あの時、一番先に駆け出したのが神成だった。

雨霰のごとく降る砲弾の中を俺たちは走った。途中で誰かが吹き飛ばされたがそのまま走り続けた。ようやくたどりつくと砲兵隊を二手に分け、ひとつは真横から、もうひとつは斜めうしろから敵の砲台を狙わせた。俺は真横隊とともに行動したが神成は元の窪地まで戻った。

そしてその時がきた。斜めうしろ隊が一発目の大砲を撃ったのだ。それが合図だった。真横隊も大砲を撃ちあげた。斜めうしろ隊はひっきりなしに撃った。敵の砲口は窪地に向けられたままだ。砲台の大砲の向きを変えるのは容易ではないからな。数分後、敵の砲口が真横隊に向けられたのを機に、窪地の歩兵数千が突撃。凍結斜面で転ぶものがあればその身体を踏みつけて駆け登った。

敵の砲台はわれらの手に落ち、背骨をおりた南路軍は威海衛の西側にまわりこんだ。北路軍も過酷な行軍をしいられ、死傷者多数を出しながら威海衛の東側に到達。我々はかじかんだ手で銃を構えて背後を警戒しつつ、東西の高地から大砲を撃った。反撃もあったが二月二日には制圧に成功。守備していた清国軍全員が捕虜となった。

これでひと安心と思ったその夜、海から砲弾が撃ちこまれ我々は混乱した。日本艦隊の誤射を疑った。なにしろ上下の牙を抜いて黄海の制海権は日本が握っているのだ。陽が昇り、偵察艇からの報告で犯人は定遠と鎮遠、それに数隻をくわえた北洋艦隊とわかった。黄海の制海権は日本が握ったが北洋艦隊そのものは無傷で生き残っていたのだ。暗闇に紛れて威海衛湾に侵入した北洋艦隊が、自国が巨額を投じて構築した要塞に艦砲射撃をくわえたのだった。

旅順を出港した海軍の連中もたいしたものだった。外洋から湾内の北洋艦隊に砲撃すれば要塞にも弾が当たる。そうなれば日本兵も清国の捕虜も死んでしまう。海軍はこの時初めて水雷艇・つまり魚雷を使った。これなら要塞に当たる心配はない。魚雷は見事に命中して北洋艦隊をどんどん沈めた。沈没する船から脱出した清国兵を神成たちがボートで救助した。船上で神成はつい先程まで戦っていた相手と肩を組んで笑い合っていたよ。

北洋艦隊の旗艦・定遠が沈み、司令長官は鎮遠に乗り移った。しかしもう鎮遠にも反撃能力はない。魚雷で船体は満身創痍だ。司令長官は日本軍宛ての降伏文書を残し、毒を仰いで自決した。降伏文書が日本軍に届き作戦は終了。これが威海衛で俺と神成が経験したことだ」

長谷川貞三は腰を折って深々と頭を下げた。

「ありがとうございました」

「神成のことは何でも知っていると思ったが」

「何も知りません。同じ戦場に立ったこともありませんし」

「連隊で一緒だっただろう?」

「はい。でもお互い忙しくて……。ただ、あれが終わったら酒でも飲みながら、ゆっくり話そうと約束はしていたのです」


将校会議の会場は狼洞溝村役場。日本陸軍第八師団が本営を置いていた。

到着した長谷川貞三(三四歳)と伊藤格明(三八歳)に、倉石一《くらいしはじめ》(三九歳)と福島泰蔵《ふくしまたいぞう》(三八歳)が声をかけ、四人は村役場の廊下の隅で小さな円陣を組んだ。

「三年前の今日、俺たちはさまよっていたのだな」

倉石一の自問のような言葉に長谷川貞三と伊藤格明がうなずいた。

「すっかり待たせてしまったな」

「もうすぐ会えますよ」

長谷川貞三がなぐさめても倉石一の表情は暗いままだ。

「そう言えば神成のことで思い出したことがある」

廊下の隅で福島泰蔵の息が白い。

「威海衛作戦の時だ。はさみ撃ちにして降伏させた。そこまでは良かったが北路軍と南路軍のどちらが先に要塞に入るかでつまらん先陣争いが起きた。両者の間を将校が走りまわったが双方ゆずらず埒《らち》があかない。南路軍は神成特務曹長に全権を委任して交渉に向かわせた。その時の相手は一階級上の少尉だ。神成は落ちていた藁縄《わらなわ》を一本拾って軍服の袖章にベタ金代わりに縫い付けた。つまり少尉になりすましたわけだ。結果、神成ニセ少尉は対等に交渉をまとめて帰陣した。

そこで付けられた綽名《あだな》が〝名は少尉〟。ハハ、縄少尉とはよく言ったものだ。たしか先陣を神成の南路軍が務める代わりに、従軍記者の取材に答えるのは北路軍とするということで話をまとめたと思う。神成は従軍記者にも配慮を怠らない人間だったから協力してくれたのだろう。日本の新聞に顔写真付きで記事が載れば家族を安心させられる。北路軍にも文句はないというわけだ。たいした男だよ。神成は」

「山口少佐から神成の評判を聞いたことがある」

「倉石さん。山口少佐は文吉さんをどのように評しておられたのですか？」

「面白い男だとおっしゃっていた。若くして大尉まで昇進したのだから優秀であることに間違いないがそれだけではなさそうだ。人心掌握術にもたけている。平民出身であるからさぞかし努力したのだろうと」

「信じられません。山口少佐は文吉さんを軽んじていたに違いありません」

長谷川貞三はムキになって倉石一をにらみつけた。

「長谷川、言っておくが神成は」

倉石一が続けようとしたときに集合ラッパが鳴り、話が途切れたまま四人は大会議室に向かった。


一〇〇名を超える将校が座り、幹部たちも入室を終え将校会議が始まった。

恰幅《かっぷく》が良く、大きな目に高い鼻。日本人離れした顔付きの、むしろロシア人に近い容貌の男が立ち上がった。第八師団・師団長・立見尚文中将《たつみなおぶみちゅうじょう》だ。

第八師団は日清戦争後に東北出身者で編成された。歩兵第五連隊（青森）、歩兵第三一連隊

（弘前）、歩兵第一七連隊（秋田）、歩兵第三二連隊（山形）で構成されている。倉石一、伊藤格明、長谷川貞三は第五連隊に所属しており、福島泰蔵は第三一連隊から第三二連隊に異動していた。

「第八師団将校諸君。日本は存亡の危機にある」

立見中将は将校全体を見まわした。

「ロシア軍は遼陽、沙河の会戦後、渾河の北に退却して兵力の温存に努めていた。厳寒期、このまま冬営に入るかに見えたロシア軍の一部一万ほどが、虚を衝《つ》いて南下侵攻を試みているとの情報が入った。守備についている騎兵旅団八千名が危ない。よって本日午後三時、我々第八師団一万八千名は西北一二キロの黒溝台に向けて出発する。夜を徹して歩き、黒溝台でロシア軍を撃破するのだ」

十分に間をあけてから続けた。

「昨年八月から本年一月五日までの旅順・二〇三高地をめぐる死闘において、日本軍は二万の戦死者と四万の負傷者を出した。もう本国に兵員は残っておらぬ。次の黒溝台会戦でわれらが負ければ日本は戦争に敗れ、諸君の父母、兄弟、妻子は皆殺しにされるかロシア人の奴隷となり果てるだろう。これを国家存亡の危機と言わずして何と言う。

戦場は零下二〇度。すべてが凍る満州平野での戦だ。我々はこの一戦のためにあらゆる準備をおこなってきた。三年前、青森の第五連隊と弘前の第三一連隊が八甲田山雪中行軍《はっこうださんせっちゅうこうぐん》を挙行したのもそのひとつだ。三一連隊は見事に踏破したが、残念ながら五連隊は一九九名の犠牲をだした。生存者一一名のうち五体満足のものはわずか三名。ほかは重度の凍傷により手足を失った。八甲田の生き残り三名は日露戦争に従軍し、今、この場にいる。どこだ？　起立しろ！」

「ハッ」と一声を発して倉石一大尉、伊藤格明中尉、長谷川貞三少尉の三名がその場に起立した。

「おぅ。まだ三人とも生きているな」

破顔一笑してまた会場を見まわした。

「三一連隊だった福島も起立しろ」

「ハッ」と答えて福島泰蔵大尉もその場に起立する。

「うむ。元気そうだな。四人には雪中行軍の研究成果を存分に発揮してもらいたい。研究ノートが全軍配布されているが、重要なことは念を押して伝達しろ。お前たちの経験が極寒の戦場にあっても第八師団をして最強軍団たらしめるのだ。よろしく頼む。よし、四人とも座れ」

四人は一礼して着席した。

「くりかえす。国家存亡の危機である。黒溝台での一戦に日本の命運がかかっていることを忘れるな。八甲田で死んだ戦友を忘れるな。勝つのはわれらだ。準備を怠るな。以上だ」

立見中将に続いて数人の幹部が作戦遂行上の諸注意をくわえて将校会議は終了した。話の続きを聞こうと倉石一大尉を探したが見つからない。

長谷川貞三少尉は出発準備にとりかかるため部隊に戻った。

明治三八年（一九〇五）一月二五日　午後三時。

日本陸軍第八師団一万八千名が狼洞溝村・本営前に整列。

風は弱く、少しばかり青空も見えた。

先頭の第五連隊第一小隊一〇〇名をひきいる長谷川貞三少尉は行軍開始の号令を発した。

軍が配った日の丸の小旗をふって村びとが見送る。子供は無邪気に笑い、大人は無理に口の端を上げた。

（満州人にとっては日露とも厄介者さ）

家並みが途切れると雪原に細い道がくねっていた。

「嚮導《きょうどう》ふたりを前に」

狼洞溝村役場職員四人を黒溝台までの案内役として雇っていた。先頭のふたりは確認しながら正しい道を歩くはずだ。万が一、逃げ出せば後方のふたりは殺される。そう言い含めていた。

左右の樹林は遠くにあって次第に強まり始めた北風には防風林の役目を果たさない。残っていた青空が鉛色の雲にふさがれると気温は急速にさがり、衛生兵の寒暖計が零下二〇度より低い数字を示した。

吐く息は目の前で白煙となって吹き飛ばされる。手足の冷たさは鈍痛に変わり、やがてその痛みは消える。感覚を失うのだ。

「ハエになるぞ」

手袋のまま両手をこすり始めると、第一小隊全員が歩きながら両手を摩擦した。後続部隊もそれをまね、やがて第八師団全員がハエになった。


「止まれ」

出発から一時間が経過したところで行軍を止めた。

「そこにあったはずの橋がない」

嚮導がわめいている。川幅と川面までの深さともに五メートル。渾河の支流が道を分断していた。渾河は満州平野を東西に貫き、遼東半島西岸から渤海にそそぐ大河で、文字は泥の河を意味する。その支流に架かる橋が焼け落ちていた。

一月上旬、日本軍とロシア軍は渾河をはさんでにらみあいを続けていた。双方とも敵がこの厳寒期に打って出てくることはないと、後方からの補給・蓄積に励んでいた。しかし旅順要塞陥落を知ったロシア満州軍総司令官クロパトキンはミシチェンコ中将の騎兵支隊に威力偵察を命じた。

『旅順要塞を落とした乃木希典《のぎまれすけ》大将の軍が、今、渾河をはさんで対峙している日本軍にくわわればわれらは苦戦をしいられる。乃木軍が戦場に駆けつける前に殲滅《せんめつ》するほかない』

「ミシチェンコの八日間」と呼ばれる威力偵察により、渾河沿いに陣を敷く日本軍の西端が黒溝台村で、隣村の沈旦堡までの一〇キロが最も手薄で突破口になり得ることを知った。

ミシチェンコ中将には必勝の作戦があった。ロシア軍の半分が黒溝台を迂回して日本陣地の背後にまわりこみ、北と南からはさみ撃ちにするというものだ。

ミシチェンコ中将は一万の騎兵支隊による威力偵察でみずからの信じる作戦を試行した。黒溝台のはるか南・営口まで迂回。日本軍が敷設《ふせつ》した線路を爆破。電柱を倒して通信網を遮断。さらに兵站《へいたん》基地襲撃による武器・弾薬・食料の焼却を目指したが、襲撃直前に日本軍の騎兵に発見されて作戦を中止。帰陣の途中、主要な橋脚を焼き落としたのだった。

渾河の支流は完全に凍結している。

「階段掘削！　四列縦隊で行軍できる幅だ！」

各分隊長は持ち場に散り兵士に命令を伝えた。兵士は背負っていた背嚢《はいのう》（リュックサック）、歩兵銃（ライフル）、スコップまたはツルハシをおろし、背嚢から握り拳大の袋を取り出すと、中の灰をすくって靴底にこすりつけた。灰をこすり終えた兵士はスコップやツルハシで凍結した河岸の掘削に取りかかる。

第五連隊に専門の運搬隊はない。次々と到着する兵士が自分の道具でくわわり、一時間ほどで両岸に階段を浮かびあがらせた。

「階段と川面に灰をまけ。風が強い。手を伸ばして氷にこすりつけるようにしてまくのだ」

第八師団全員が渾河の支流を渡り終えると、強風に雪が混じり始めた。雪の当たるまぶたと頬《ほお》に針で刺されたような激痛が走る。毛糸の耳あてと鼻まで覆った首巻に雪が貼り付いた。

午後六時。出発から三時間。さえぎるもののない夕暮れの平原で初めての休憩と携帯食料の摂取を命じた。

兵士は風に向かって立ち、その場で足踏みをした。分隊長は巡回し、濡れた手袋、靴下はその場で替えさせ、手足の感覚を確認した。二名の兵士が指先の感覚がないと申し出た。

「新兵か。ハエになりきらなかったな？　手袋をはずせ」

分隊長に命じられた二名は驚き、直立不動となった。

「感覚が戻りました」

「嘘を言うな。手袋をはずせ」

「もう弱音は吐きませんのでご容赦願います」

「お前たちはどこの出身だ？」

「ふたりとも岩手県陸前高田の出身であります」

「雪の積もらない陸前高田なら知らなくて当然だ」

分隊長は自分の両手袋をはずしてコートのポケットに押しこむと、しゃがんで両手いっぱいに雪をすくった。

「こうするんだ」

手のひらの雪をゴシゴシと揉み始めた。

「手の感覚がないお前たちは雪を揉んでも冷たさを感じない。そんな状態の手を急に温めたらどうなる。薄氷に湯をかけるようなものだ。細胞が割れてしまう」

二名の兵士は手袋を口ではずし、両手で雪をすくった。

「本当だ。冷たくない」

「雪を揉み続ければいずれ冷たいと感じる時がくる」

雪を揉み続けた。

「あぁ。わかります」

「指先が冷たさを感じるようになりました」

「そうなったら雪を落として両手だけでこするんだ」

両手が次第に赤くなってゆく。

「そうだ。少し血がめぐってきた。そのうち手がかゆくなる。血がまわった証拠だ。そうなったら携帯食料を摂取しろ」

長谷川貞三少尉も他の兵士と同じように手袋をはずして軍服の中に手を入れた。首に紐《ひも》でぶら下げ、肌に直接触れるようにしてきた袋が暖かい。袋の中から食料を取り出し、口の中に放りこむ。サイコロ餅二粒、唐辛子とにんにくの粉をまぶしてある。口に入れて形がなくなるまで、よく噛んでから飲みこむ。体の芯から指先までジワジワと温まってくる。

短い休憩を終え、第八師団は行軍を再開した。

日没。平原が暗闇に包まれる。二本の石油ランプに灯りを点けさせた。日本で懐中電灯はまだ製造されてない。小隊の先頭に一本、最後尾に一本。小さな灯りが弱々しく雪道を照らした。風雪は一層激しさを増した。目もあけていられない。眉毛とまつ毛が凍り、吐く息を吸い寄せて氷柱《つらら》を下に伸ばした。

遠くの樹林の風切り音がする。

（魔女の誘惑だ）

暗闇に向かって「文吉さん」と小さく発したあと、長谷川貞三少尉は驚いた。脳裏に浮かんだのが文吉ではなく、文吉の妻・ミヨだったからだ。

植民地・台湾の守備隊に就いて二年、神成文吉は中尉となって帰国。故郷・鷹巣で妻ミヨ、長女セツと数ヶ月を過ごしたのち、陸軍戸山学校に二九歳で入学した。

台湾守備隊を苦しめたのは清国正規軍ではなく匪徒《ひと》（ゲリラ）だった。突如現れる匪徒に多くの兵士が惨殺された。

『生死を分けたのは何だ？　死んだ兵士に油断などなかった。天の配剤だと？　死んだのは皆いい奴だった。助かった兵士は天祐《てんゆう》と感謝したが俺はそんなものを信じない。絶対に』

匪徒対策を学ぶため単身上京。三年後、卒業した神成文吉は大尉となって第五連隊に戻った。

貞三が将校官舎に文吉を訪ねると子供たちの声が飛び交っていた。長女セツ六歳、次女（養子）菊枝四歳、長男久夫は生後六ヶ月だった。

ミヨ夫人が久夫を背負い、お茶とお菓子を運んで夫の幼馴染《おさななじみ》をもてなした。

『夫はいつも貞三さんの話をします。もう妬《や》けるくらいに』

貞三は初めて見るミヨ夫人の美しさに息を飲んだ。肌は雪のように白く、大きな瞳に優しさと強さを同居させていた。

『大尉進級おめでとうございます』

文吉は貞三に礼を言ってから、優しい目を向けた。

『ある男が軍隊での出世は出自と中元歳暮で決まると言った』

『軍隊がそんなところなら出世などまっぴらごめんです』

『大人になれ。世の中を変えるためには偉くならねばならん』

『あぁ、文吉さんは葦になるのでしたね』

菊枝が珍しい客を覗きにきてはミヨ夫人のもとに走る。

『菊枝の父親は台湾で匪徒に殺され、母親は病気で死んだ。本当はさびしいのだろうがたくましく、明るく育っている』

玄関までミヨ夫人も見送りに出てくれた。文吉さんの六歳下で肩までの背丈だった。外に出てふり返るとセツが文吉さんに甘え、菊枝がミヨ夫人の手をひっぱっていた。

ミヨ夫人は今どうしているだろうか。

強風に雲が飛ばされ一瞬月光が射した。第一小隊の隊列は蛇行し、ところどころで途切れていた。

「ロープ！」

分隊長は兵士の背嚢の肩ひもにロープを通した。後続部隊にもその手法が伝達され、各隊がそれをまねた。


黒溝台村の手前二キロの大台部落に到着したのは午前四時。一〇キロに一三時間を要したことになる。

大台部落の入口で、秋山好古《あきやまよしふる》少将が第八師団の到着を出迎えた。

「第八師団・歩兵第五連隊、少尉・長谷川貞三であります」

「長谷川貞三……どこかで見たような」

「ハッ、八甲田の生き残りであります」

「おぅ、そうだ。研究ノートにあった名前だな」

秋山好古少将は第八師団本営兼師団長宿舎として大台部落一番の豪商宅を借り上げていた。そこに長谷川貞三少尉を招き入れ、握手したあとに抱き寄せて背中をなでた。

「ハグと言うんじゃ。欧州ではこれが挨拶。男同士で相手の頬にキスする国まである。世界はいろいろじゃのう」

留学経験が豊富な秋山好古少将は豪快に笑ってから長谷川貞三少尉に椅子をすすめ、自らも深く腰かけた。

「清国は貧しいと思っていたが、どこにでもうまいこと儲けている奴はいるもんじゃ。このチェアーもデスクも一流品だ。別棟の蔵には高そうなワインが何十本も積まれていた。この邸宅なら立見師団長が泊るのにふさわしいと思い用意したのだ。ただ、季大人屯村の僕の宿ほどではないがね。ハハ、これは内緒だぞ。長谷川君」

笑ってウインクして見せた。

「八甲田山雪中行軍の研究ノートを読んだよ」

「ありがとうございます」

「おかげでわが騎兵旅団八千名（通称・秋山支隊）、誰ひとり凍傷にかからずにすんでいる」

厳冬の八甲田踏破に成功した第三一連隊（弘前）の福島泰蔵大尉が呼びかけ、第五連隊（青森）の生き残り三名とともに書き残した研究ノートだった。

「僕は足の指の間にまで粉唐辛子を塗っているよ。四国の出身でね。寒さには弱いんだ。永久凍土で知られるシベリアからの北風にさらされる満州が寒いのは当然だ。そのシベリアと満州に鉄道を敷設してモスクワから何千キロも離れた戦場に物資を輸送する。敵ながらロシア帝国はたいしたものだよ。そう思わんかね。長谷川君」

「はい。ですが、好き勝手にはさせません」

「ふむ。そうだな。三国干渉とその後のふるまいは許しがたい」

「遼東半島だけで満足せず朝鮮にまで進出しました」

「だから戦争になったのだがロシア軍もなかなか手強い」

「私には退却の連続に見えますが」

「そう見せかけて、誘《おび》き寄せているのかもしれん」

「望むところです」

「ハハ、威勢がいいな。その調子だ。そろそろ立見師団長が到着する頃だろうから出迎えるとしよう。秋山支隊を助けにお越しいただいたのだからな。出迎えるのが礼儀だ」

ふたりは立ち上がって再び握手を交わした。

「八甲田の生き残りに会えてうれしかったよ。いよいよこれから雌雄《しゆう》を決する激戦になるが、せっかく拾った命だ。無駄に捨てるな。どんな死地にあっても活路は必ずある。ハハ、それは君が一番よく知っているな。次に会ったときはゆっくり八甲田の話を聞かせてくれ」

秋山好古少将は長谷川貞三少尉を見送って、みずからも出ていった。


払暁《ふつぎょう》。気温零下二七度。第八師団は大台で短い宿営に入った。と言っても一万八千名が泊れる数の家はない。将校以外は野営だ。背嚢にはマッチ、米、缶詰、下着、手袋、靴下、油紙（防水用・靴下を覆う）、毛布、飯盒《はんごう》、粉唐辛子、征露丸（戦後は正の字）、これで野営する。

水はない。井戸も甕《かめ》も凍っている。米と割った氷を飯盒に入れ、豊富にあるキビ殻《がら》（収穫後のとうもろこしの枯草）を燃やして飯を炊く。

「待て！　待て！　待て！　これをやる」

焼き鳥にしようとカラスに銃口を向けた兵士をあわてて押しとどめ、自分の缶詰を与えた。

（カラスには恩がある）

ひさしぶりに暖かい食事にありついた兵士たちは霜のおりたキビ殻の山に潜りこみ、毛布を被って仮眠を取った。

一月二六日　午前八時、朝陽が高く昇っている。

長谷川貞三少尉は青森歩兵第五連隊・連隊長・津川謙光《つかわやすてる》中佐から呼び出された。

「秋山少将の戦況報告によればロシア軍は黒溝台の西側を迂回して秋山支隊の背後を衝こうとしているらしい。第八師団が駆けつけたあとに、ロシア軍がまわりこみ南北から挟撃すればわれらはともに壊滅する。よってお前は今から第一小隊をひきいて秋山支隊・種田《たねだ》大佐が守る黒溝台に向かえ。詳しい戦況を聞いてくるのだ。場合によっては一旦、黒溝台を捨てる」

「捨てる？」

「一旦だ。戦況が不利なら黒溝台などという小さな村にこだわらず、種田隊を大台までひきあげさせる。さすればロシア軍は迂回をやめて黒溝台に入る。そこを第八師団と種田隊で取り返す。我々の背後を衝かせないことが肝要なのだ。新任の参謀・由比光衛《ゆひみつえ》中佐の作戦計画を立見師団長が許可した。煙台の総司令部もだ」

（手が混み過ぎている）

「作戦に不服があるのか？　立見師団長は黒溝台再奪取の際はわれらに先鋒を任せるとおっしゃった。名誉挽回の好機と思わんか？」

「誰の名誉でありますか？」

「貴様、何が言いたい」

「おわかりのはずです」

「俺にそんな口のきき方をして出世できると思っているのか」

長谷川貞三少尉は半笑いして一歩前に出た。

「出世など望んでおりません。黒溝台の種田大佐に戦況を確認し、戦況不利とあれば種田隊を大台まで連れて戻ります。どこにも行かず、ここで報告をお待ちください」

背中に何かを言われたが足を止めなかった。

種田隊二千名は黒溝台村を囲むように守備していた。中心の豪農宅が作戦本部だ。

種田錠太郎《じょうたろう》大佐がトンネルを歩いて最前線に案内した。トンネルの深さ一・五メートル。かがめば弾に当たる心配はない。

「われらは騎兵旅団ですが、実際はこの通りモグラですわ」

思わず吹き出してしまう。種田大佐の物言いが秋山好古少将のそれに似ていておかしかった。

トンネルは村中に迷路のように張りめぐらされ、要所々々に掘られた散兵壕《さんぺいごう》（塹壕《ざんごう》・防御陣地）を土嚢《どのう》が覆っていた。

「敵を防いでいるのはこれですわ」

機関銃だった。大日本帝国陸軍の正式名称は保式機関砲。「保」は設計したアメリカ人ベンジャミン・ホチキスに由来している。自分の名前を付けた文房具の発明家でもある。

保式機関砲は世界で初めてガス圧を利用し一秒間に一〇発の射撃を可能にした。三脚の上に銃身を載せて照準を合わせ、一枚三〇発の保弾板を差しこんで連射する。

「規則では保式機関砲一門につき、砲車長、照準手、装填手《そうてんしゅ》、弾薬搬送手二名の計五名としているが、我々は二名で撃つ。何しろ人が足りん。偵察が主任務の騎兵旅団に必要ないと何度も却下されたのを秋山さんが遂に認めさせた。おかげでここ黒溝台から李大人屯までをわれらだけで守備できている」

「種田大佐、戦況はいかがですか？　第八師団本営は黒溝台の一時放棄を計画しています」

「それはどういうことだ？」

津川連隊長が言ったことをそのまま伝えた。

「芸が細か過ぎる」

同じ反応だった。

「総司令部までもがこの作戦に許可を与えたのです」

「煙台は秋山さんに確認もせずに許可したのだろう」

そこへ種田隊の連絡員が走り寄って叫んだ。

「きました！　敵襲です」

連絡員がトンネルを走る。種田大佐と長谷川貞三少尉が追う。最前線の散兵壕に到着して土嚢の隙間から前方を窺った。長い毛の帽子を被り、襟巻をなびかせたコサック騎馬隊が黒い固まりとなって迫ってきていた。

「撃て！　撃て！　撃て！」

目の前の保式機関砲を連射するのは種田大佐自身だ。連絡員が保弾板を装填する。長谷川貞三少尉も土嚢の隙間に歩兵銃の銃口を差しこんだ。飲みこんだ唾がゴクリと音を立てる。

「すまんのう。馬がかわいそうじゃのう」

種田大佐はブツブツつぶやきながら保式機関砲を連射している。敵の弾が土嚢に当たり砂煙があがった。長谷川貞三少尉の第一小隊も各所の散兵壕に散らばり歩兵銃を撃って応戦した。

いつの間にか一〇〇騎もいたかと思われるコサック騎兵の姿が消えていた。

「ただの挑発だったのでしょうか」

「こちらの兵力を探りにきたのだろう」

ドーンと着弾音がしてバラバラと土砂が降ってきた。ヒヒンと馬のいななきが聞こえる。

「馬小屋にあたったぜよ。かわいそうに」

モグラとなった種田隊は散兵壕周辺の小屋に馬を繋いでいた。陣地を離れる時は機関砲を台車に載せて馬にひかせる。これを繋駕《けいが》式機関砲と呼んだ。

ドーン、ドーン、ドーン。砲弾はいたるところに着弾した。

散兵壕の中で種田大佐は保式機関砲をなでている。

「これがあるからロシア軍は近寄れず、遠方から大砲を撃つしかないのだ。大砲ごときでわれらが逃げるものか。ここを捨てるということはロシア軍に城を与えることと同じだぞ」

「一度捨てて拾い直すなど机上の空論です」

「その空論で何千人も死ぬことになる」

「作戦計画を立てるものにはそれがわからんのです」

「無謀な作戦に異を唱える者はいないのか」

「反論する者は讒言《ざんげん》で追放し、迎合する者だけで群れをつくる」

「こびへつらう以外に何もできんくせに」

「そんな奴らが上に立てば部隊を全滅させます」

「黒溝台を固守せよ。秋山さんからはそう命じられている」

「賛成です」

そこに大台本営からの連絡員が到着して命令を伝えた。

「すみやかに種田隊を伴って大台本営に帰還せよ」

「何が帰還だ。退却と言え」

「立見師団長の命令であります」

「こちらは騎兵旅団の種田大佐だ。第八師団の命令はおよばぬ」

「総司令部の命令でもあります。すみやかに大台へ」

ふたりは従わざるをえない。

しかし第八師団本営は大台さえも捨てていた。新任参謀・由比光衛中佐の進言だった。黒溝台を飛び超えたロシア軍の砲弾が大台本営近くに落ちたのだ。

帰還（退却）途中で本営移転を知らされた長谷川貞三少尉の第一小隊と、繋駕式機関砲をひく種田隊は薄暮の中、行き先を古城子に転じた。

古城子の第八師団本営で津川連隊長（中佐）がふたりを出迎えた。

「またしても持ち場を離れたのですね」

無視して、津川連隊長は種田大佐に歩み寄った。

「ご無事で何よりでした」

「援軍と聞いていましたが違ったようですな」

「背後を衝かせないためです」

ふたりは立見師団長の部屋に通された。

「ふたりと話がしたい。君たちははずしてくれ」

部屋の中にいた由比中佐は渋面を隠さなかったが、ふたりを案内した津川連隊長は分別らしい笑みを向けてから出ていった。

机の上に地図が広げられていた。満州北部までが書かれている。中央に渾河が横たわり、それに沿って木片が置かれていた。最も左に置かれた木片は黒溝台の上にある。

「種田隊だな？」

木片を指さして立見師団長が問い、種田大佐がうなずいた。

「隊名を書き、地図に置いて陣容を説明してくれ」

「はい。命令により捨ててきましたが黒溝台に種田隊。東隣・沈旦堡に豊辺《とよべ》隊。そのまた東隣・韓山台に三岳《みたけ》隊。最も東の李大人屯に秋山隊。各隊二千名。これが陣容です」

「四〇キロの戦線をわずか八千名で守備していると？」

「はい」

「なぜ、そんなことができている」

「われらは騎兵旅団ですが実際は毎日トンネル掘りに明け暮れるモグラです。散兵壕を掘ってはトンネルを張りめぐらし、村そのものを防御陣地にして撃退してきました」

「西に迂回して背後を衝こうとしているらしいではないか」

「背後を衝かれても怖くはありません。村の要所々々に保式機関砲を設置して東西南北どこから攻撃されても何十日も耐えられる城にしましたから」

「それをひとつ捨てさせたのか」

「今頃、ロシア軍が拾ってさらに強靭にしているはずです」

立見師団長は長谷川貞三少尉に顔を向けた。

「八甲田の生き残りとしては、これからどうすべきと思うか」

「ハッ、まず机上の空論を述べる者を遠ざけます。次に戦場を知る者の情報から作戦計画を立て直します。作戦は子供にでもわかる明快な作戦とし、あとは一丸となって遂行するのみ」

立見師団長は笑みを浮かべてうなずいた。

「一時間後に命令を伝達する。将校全員を集めてくれ。その前に種田大佐、黒溝台のことをもう少し詳しく教えてくれ」


一時間後、第八師団と種田隊の将校全員が集合した。

砲弾の音が一段と大きくなっている。立見師団長は叫んだ。

「これより反転攻勢に出る。陣容と任務は次の通りだ。

第五連隊、第三一連隊、第一七連隊の三連隊は種田隊の先導で黒溝台の奪還に向かえ。夜襲によって黒溝台を奪い返す。目的はこれひとつだ。

第三二連隊は沈旦堡の豊辺隊に加勢しろ。沈旦堡まで奪われたら秋山支隊は全滅する。絶対に後退するな。

皆、不眠不休で疲れていると思うが今晩が正念場だ。黒溝台を奪還し、沈旦堡を固守する。勝つのはわれらだ。信じて疑うな。行けぇ！」

日本軍が捨てた黒溝台を占拠したミシチェンコ中将は上官のロシア満州軍第二軍司令官グリッペンベルグに伝騎を走らせた。

【黒溝台は驚くほど堅牢でわれら騎兵支隊一万で守備できます。今こそグリッペンベルグ軍が黒溝台の西側を迂回して日本軍の背後を衝く時です。同時に第一・三軍が南下し、南北から挟撃すれば大勝利となるでしょう】

グリッペンベルグはただちに自軍を西方に迂回南下させ、クロパトキンに南北挟撃作戦の遂行を求める伝騎を走らせた。

黒溝台奪還の夜襲に向かった三連隊は苦しんでいた。ロシア軍が機関銃で待ち受けていたからだ。近づけば榴弾砲《りゅうだんぽう》に照らされて機関銃の餌食になった。

種田隊に先導された第一小隊は、撃っては匍匐前進《ほふくぜんしん》をくりかえし、ロシア軍の知らない「隠し散兵壕」に潜りこんだ。トンネル迷路を這って近づき、手榴弾を投げて散兵壕を奪い返した。しかし直後に敵の手榴弾が炸裂。散兵壕はまた奪われ、そこにロシア軍が機関銃を設置した。

一月二七日の陽が昇り、古城子本営に事態の急変が届いた。西の牛居、南の冬二堡にロシア軍総勢四万が現れたのだ。

由比中佐は煙台の総司令部に電話で怒鳴った。

「黒溝台のロシア軍はせいぜい一万と言ってたではないか！」

実際はミシチェンコ隊を含むグリッペンベルグ軍五万が北・西・南の三方向から囲み、クロパトキン軍五万が北東に控えていたのだ。

泣きつかれた総司令部は援軍派遣を決定する。

「援軍がくるだと？　そんな恥辱があるか！　俺は賊軍だ。戊辰の北越戦争で薩長相手に一歩もひかなかった雷神隊隊長じゃ。援軍など頼まぬ。取り下げろ。さもなければ貴様を斬る！」

立見師団長が軍刀を抜いたのを見て由比中佐はふるえあがり、現状報告と称して煙台に逃げてしまった。

一月二七日の午後、黒溝台奪還に向かった三連隊に危機が迫っていた。背後にまわったグリツペンベルグ軍が黒溝台包囲に全力を上げたのだ。

ようやく奪回した南端の散兵壕から保式機関砲と歩兵銃を連射するが、同時に三方向から撃たれてバタバタと倒れた。

大砲と機関銃によるロシア軍の猛攻はやまず、トンネルに取り残された兵士は死体の上を這って逃げた。すぐ近くに砲弾が着弾し、あわてて顔を伏せると死体と目が合った。

撃つ弾の無くなった兵士は銃剣を取り付け、トンネルから這い出してロシア兵のこもる散兵壕に突撃した。それをロシア兵が撃つ弾のない銃身で払う。ひとりを刺し殺した日本兵の脇腹にロシア兵の銃剣が四本突き刺さった。

銃剣さえも失った日本兵はツルハシをふりおろす。スコップの柄で受け止める。目が合う。命乞いをされて手の力を緩める。ロシア兵は蹴り上げ、スコップをふりまわして首を切り裂いた。

第三二連隊が援軍に向かった沈旦堡でも激戦がくりひろげられた。

大砲を撃っては突撃し、陣地を奪って保式機関砲を据える。そこに砲弾が落ちて陣地を奪い返される。両軍あわせて数千発の砲弾が沈旦堡の丘を平地に変えてしまった。

第一小隊は種田隊と連動してミシチェンコ中将のコサック騎馬隊と対峙した。

夕暮れ、散兵壕の前を腰の曲がった老爺が杖をつき、とぼとぼと歩いていた。満州服に身を包み、毛皮の帽子を被ってキビ殻を背負っている。戦いのない日によく見られる光景だ。老爺はコサック兵のこもる散兵壕の前で折り曲げていた腰をゆっくり伸ばしたかと思うと、杖とキビ殻を捨てて何かを散兵壕に投げ入れた。

手榴弾だった。

老爺は逃げる。爆発する。コサック兵一〇人が追いかける。老爺は民家の角を曲がる。コサック兵が曲がるとそこには種田隊五〇騎が銃を構えて待っていた。あわててひき返そうとするのを第一小隊が板塀を盾にして押し返す。囲まれたコサック兵は両手をあげて降参するしかなかった。

(ハハ、俺が露払太夫で種田隊が野次払だ)

「馬鹿なマネはよせ！　将校のすることではない！」

(弾の届かないところにいて、何もしない奴に限って文句を言う)

一月二八日は銃剣突撃の白兵戦が各地でくりひろげられた。

「援軍がくる前に黒溝台を奪い返す。狂え！　狂え！　狂え！」

立見師団長は最前線に馬を走らせ、軍刀をふりまわした。

第一小隊は種田隊との連動を続けた。種田隊は繋駕式機関砲の台車に射撃手を乗せ、騎手が敵前で馬首を転じると、逃げ帰りながら機関砲を連射するという離れ技をしてのけた。機関砲の連射に身をすくめる散兵壕に第一小隊が近づいて手榴弾を投げ入れ、出てきたロシア兵に銃剣突撃した。

（ハハ、今度は種田隊が太夫で、われらが野次だ）

ロシア軍包囲の中、第八師団は黒溝台の散兵壕を少しずつ奪回していった。

繋駕式機関砲連射と手榴弾に続いて、突撃命令のため軍刀を突き上げて立ちあがった。

痛みはなかった。熱いという表現の方が合っている。

「小隊長、左肩から出血しています」

見ると軍服の左肩が赤く染まっていた。

「突撃だ！」

出血は止まらない。脈打つたびにドクドクとあふれだす。それでも突撃をくりかえした。

ひとつの散兵壕を奪回し次に向かおうとした時、突如、物陰から現れたロシア兵が銃剣の先をみぞおちに突き刺した。しかしその剣先は曲がり、ロシア兵は倒れた。真っ赤になったロシア兵の胸から軍刀をひき抜いて再び駆けだした。

三時間後、ロシア軍が包囲網を解き、退却するのを確かめて前のめりに倒れこんだ。

(文吉さんに頼まれたことを果たせなかったか)

「敵兵と一緒に供養してくれ……」


目覚めた時、隣のベッドに伊藤格明中尉が寝ていた。傷病兵を乗せて帰国する船の中だった。

「まるで三年前のようだな」

「伊藤さんをはさんで反対側に倉石さんが寝ていました」

「倉石さんは死んだよ。丘に登って双眼鏡を構えた時に目を撃ち抜かれて即死だったそうだ」

「八甲田の仲間のところに行ったのですね」

「あぁ。あれ以来、倉石さんは死ぬことばかり考えていた。東京出張で買ったゴム長を履いたのを悔いていた」

「話の続きを聞かずじまいになりました」

「神成の話なら続きを聞いている。実は山口少佐も津川連隊長に出発延期を具申していたのだ。しかし却下され、二度と口にしなかった。あとになってそのことを倉石さんから聞いた神成は、上官の命令は絶対である。一度決まったことに異は唱えない。軍人はそうあるべきと山口少佐を尊敬した。……そういう話だった」

「そうですか。文吉さんは山口少佐を尊敬していたのですね」


傷病兵たちの話からその後の様子がわかってきた。

沈旦堡の加勢に向かった第三二連隊は立見師団長の命令を守り一歩も後退しなかった。中でも福島泰蔵大尉は突撃隊の先頭を走り敵軍を蹴散らした。自軍をふり返り勝鬨《かちどき》をあげようとした時、足元に砲弾が落ち一瞬にして五体が砕け散った。拾うこともかなわぬくらい粉々に。

極寒の戦場で一〇万のロシア軍に包囲され、第八師団の半分にあたる九三〇〇名の死傷者を出した黒溝台会戦は秋山支隊の陣地防御と第八師団の突撃〝狂〟攻により辛くも日本軍の勝利に終わった。

戦後にわかったことだが、あの時、煙台の総司令部は混乱し、矛盾する命令を次々に発していた。

そのひとつに東部に陣を敷いていた部隊への命令がある。

『西部戦線で三方を包囲された秋山支隊と第八師団を救うため、援軍を編成し、黒溝台に急行せよ』との命令に、『一度北に向かえ』という陽動作戦が付けられていた。一刻も早く急行すべき時にだ。

この矛盾した命令に従い、わずか二千名の部隊が西に向かう前に北に侵攻した。

この報がロシア満州軍総司令部に達すると、クロパトキンは側近を集めて命令した。

『乃木軍が東部戦線に到達した。あの何重ものコンクリートに覆われた旅順要塞を落とすために、二万の兵士を殺されても平然と突撃を命じ続けた乃木は狂っている。その二万の戦死者の中には乃木の息子もいたと言うではないか。そんな狂人のひきいる軍がやってきたのだ。グリッペンベルグ軍を遊ばせておく暇はない。ただちに黒溝台を捨てて北に進路を向けさせろ。ロシア全軍は北の奉天に集結して日本軍を迎え撃つ』

クロパトキンはグリッペンベルグと挟撃することなく、無傷の自軍五万とともに北方に去ったのだった。

実際の乃木軍ははるか南の旅順からまっしぐらに急行したのだが黒溝台会戦には間に合わなかった。


「津川連隊長と原田清治大尉もこの船に乗っている」

「あのふたりは生きているのですか」

「あぁ。俺たちも、……天祐だな」


（天は祐《たす》けるものを間違ってばかりいる）


汽笛が鳴る。

左肩が熱い。

長谷川貞三少尉はまた深い眠りに落ちていった。

三、八森《はちもり》

風にのって聞こえる太鼓の音。

ドロンドロンと腹の底にひびくのは綴子大太鼓。

もうそんな季節か。


「きました！」

（敵襲だな！　わかったが私はもう小隊長ではないぞ）

「きました！　きましたよ！」

目をあけるとコートを着た若い男が雪を払っている。男が近づくごとにまとった冷たい空気が長谷川貞三を覚醒させた。

「そうかきたか！」

「大群です」

「私も行こう」

冬になると左肩の古傷が痛む。コートを着こみ、足早に部屋を出ていった。若い男があとを追う。

雄島《おしま》に波が砕けていた。中浜海岸の沖合二〇〇メートルに浮かぶ無人島。ラクダの背中に似たふたつのコブでできている。島の周囲は四〇〇メートル程で高い方のコブの標高は四メートル。山頂にお堂が建てられていた。雄島は島そのものが神社で、漁師が船上から島に向かい、豊漁と安全を祈って手を合わせた。

「雄島に打ちつける波の音だったのだな」

「何がです？」

「いや、なんでもない」

中浜海岸の漁港は人であふれていた。皆、ゴム製の胴長か長靴を履き、ゴム手袋を着けている。

（あの頃これが普及していたら）

船からおろされた大樽の魚がこぼれるが拾うものはいない。大樽の魚は四角い木箱に分けられる。その木箱が荷さばき所に敷き詰められ、積重ねられてゆく。人々は笑い合い、白い息を吐き、大声で叫びながら走りまわっている。

「あんたらの言った通りになったのぉ」

ふり返ると白髪の老人が立っていた。

「そうだといいのだが、単なる偶然かも知れん」

「んだな。偶然かも知れね。だけどもこんなこと十何年もなかった。偶然でもええ。あんたらが引き寄せたんだよ」

「皆をまとめていただきありがとうございました」

「オラ何もしてね。皆があんたらを信用したのさ」


四四歳・陸軍大尉で退役した長谷川貞三が秋田県八森村・村長になったのは、大正八年（一九一九）四九歳の時だった。

八森村は青森県境に近い漁村で、故郷・鷹巣からは直線で四〇キロほど北西に位置している。

村長になったものの何をしてよいかわからず、毎日、村の中を歩きまわっては村びとに話しかけた。

「おかげさんで」皆、作業の手を止め、頭の手拭《ぬぐ》いを取ってにこやかにお辞儀した。

「何か困っていることはないか？」と尋ねても、「さぁ」と首をかしげて頭を掻くばかりだ。

「軍隊あがりに何ができる。高い俸給もらってふんぞり返っていればええさ。仕事の邪魔だけはしねえでもらいてえな」

古老の漁師・留吉《とめきち》が面倒臭げに口を開いた。

長谷川貞三は歩きまわるのをやめなかった。海岸線を歩き、山奥に分け入り、商人にも農民にも漁師にも木こりにも話しかけた。

わかったことがある。

八森村は貧しいのだ。

「馬鹿にするな。去年、あちこちで米騒動が起きたがこの村ではなかった。米騒動もそもそもは軍人のせいだと言うでねえか。軍人は人を殺すしか能がねえのだな」

大正三年（一九一四）に始まった第一次世界大戦に参戦した日本は好景気に沸いた。戦争があらゆるものを消費したからだ。やがて供給が追いつかず物価は高騰《こうとう》。特に食料は高値が続いた。そこに大正七年（一九一八）のシベリア出兵。戦争準備に米の買い占めがおこなわれ、富山で起きた米騒動が全国に飛び火。名古屋と京都で数万人が米屋や警察署を襲撃。人を殺して米を奪った。軍が出動する事態となり、鎮圧の際に死者が出ていた。留吉はそのことを言ったのだ。

「たしかに八森村で米騒動は起きなかったが、皆、貧しい。まじめに働いているのになぜだ」

「そんなこたぁ知らね。漁にでる支度の邪魔だ。帰れ！　帰れ！」

「いや、帰らぬ。留吉、教えてくれ。イチゴ離れとは何だ？」

「イチゴ離れ？　なんだよ、やぶからぼうに」

「村を歩きはじめた頃、母親と手を繋いだ小さな女の子を見かけた。愛想のいい子で私に懐いてくれた。何歳？　と聞くと、ちっちゃい指を三本立てて見せてくれた。村の中で何度も行き合い、近頃では私の肩車に乗るくらい仲良くなった。それがここ数日とんと見かけないものだから、病気で臥せているのかと心配になって家を訪ねたら母親がひとり出てきて、聞かないでくれとその場に泣き崩れた。なだめても首を横にふるばかりで、しまいには家の戸を閉められてしまった。ただ一言、母親が言ったのがイチゴ離れだ。イチゴ離れとは何だ。教えてくれ。留吉」

留吉は漁網に伸ばした手を止めて向き直った。

「教えてやったら帰るんだな?」

教師に諭《さと》される生徒のようにうなずいた。

「イチゴ離れは白神《しらかみ》のマタギ言葉だ。母熊は冬に仔《こ》を産む。母熊は自分が食べるより先に仔熊に食べ物を与える。白神のどこに何があるか。食べられるもの、食べてはいけないもの。母熊はつきっきりで教える。厳しい白神でひとりで生きていけるようにな。

母熊は三度目の春まで仔熊の世話をする。そして三度目の春のある日、それまできたことのない野イチゴが一面に実をつける場所に仔熊を連れて行く。仔熊は初めて食べるイチゴの甘さに驚き、夢中になって食べる。そして気がつくと母熊がいなくなっている。母熊が三歳仔を置き去りにしたのさ。三歳仔は親離れしてひとりで生きてゆかなければならない。白神の山ではそれが何千年も続いてきたんだ」

「つまり母親があのかわいい娘をどこかに置き去りにしてきたと言うのか?」

「娘の身売りだべよ。貧しくて、やむにやまれず。人買いと一緒に能代辺りまで娘を連れて行って、おもちゃかお菓子に夢中になっている間に母親だけが帰ってくる。身売りの代金を懐に入れてな。買われた娘は東京か京都に連れて行かれて娼妓に育てられる。誰だってわが子を売りたいわけないべさ。思い出して毎日泣いているに決まってる。もう騒がねえことだ。そっとしておいてやれ。わかったら、帰れ！　帰れ！」

長谷川貞三が道を歩くと家の戸が閉まった。すれ違う人は話しかけられるのを嫌がるように皆、目を伏せて通り過ぎた。

「暇つぶしの話し相手はここにはいねえどぉ」

「軍人恩給もらって左ウチワの村長にオラ達の何がわかる」

「役場で茶でもすすってろ。帰れ！　帰れ！」

皆、露骨に眉間にシワを寄せた。

「役場の中にいてくれればいいのです。あなたの経歴を知って訪ねてくる客がいます。その人たちの相手をしてくれればいいのです。客の中には新聞記者もいます。あなたが上手に村を売り込めば記事にしてくれるでしょう」

出かけようとする背中に村役場の古参職員はくりかえした。

長谷川貞三は古老漁師・留吉に何度も通った。

「何を好きこのんで嫌われようとするのだ？」

「この村の役に立ちたい」

「ふん。きれいごとを言うでねえか」

「本気だ」

「まだ足りないのか？　勲章もらって、恩給もらって、それでもまだ足りないのか？　いばりたいのだろう？　軍人を辞めてもいばりたくて、命令したくて仕方がねえのだろう？」

「そんなことはない」

「八甲田の生き残りが日露戦争でも死に損なって、立派な軍人とあがめられて村長に担ぎ上げられたのだからな。口が裂けてもいばりたいだの、命令したいだのとは言えねえだろうよ。だけどな、とっくに見透かされてるぞ。また勲章もらいたくて村長になったってな。村の役に立ちたいなんて芝居はもう終わりだ。役場でおとなしくしてることだ。オラ達の暮らしはオラ達でなんとかする。さぁ、支度の邪魔だ。さっさと帰れ！　帰れ！」

「留吉、俺の命の使い途を教えてくれ。二度も生き延びてしまった。みんな死んでしまうのに俺はなぜ死ねないのだ？」

「……ふん。罪滅ぼしかよ」

「罪滅ぼし?」

「罪滅ぼしで村の役に立ちたいと言っているのだろう? あんた何人殺した? ロシア兵でねぇぞ。あんたの部下さ。突っこめー、突撃だぁって何人死なせたんだ? 百人か? 二百人か?」

「それが将校の仕事だ。軍人は皆、戦死を覚悟している」

「またきれいごとか。そんなのは嘘だ。嫁も子供もいる。家族と一緒にいたいのを弾に当たりに突っこまされて、かわいそうにのぉ。兵隊は死んで将校だけが生きて帰るのさ」

「だからっ! 家族が一緒に暮らせるようにしたい。罪滅ぼしでも、勲章狙いでも、何と言われてもいい!」

長谷川貞三は留吉のところに通い続けた。村の中で唯一、本音を言ってくれるのが留吉だからだ。

村長に就任した年の秋、留吉がボソッとつぶやいた。

「秋までの蓄えが冬で底をつく。冬に皆、貧しくなるのさ」

「冬の稼ぎがないのか?」

「昔はあったのさ」

「鰰《ハタハタ》だな？」

「んだ。昔は毎年、豊漁で村中にジェンコ（銭《ぜに》っこ）がまわってだ。漁師は出荷して儲けて、百姓は鰰寿しを売って稼いだもんだ。もう十何年も前の話だけどな」

「今は獲れないのか？」

「あぁ。全然だめだ」

「なぜだ？」

「そんなこたぁ、鰰さ聞いでけれ」

「昔と何か変わったことはないのか」

「近寄らなくなったのさ。八森に」

「なぜだ」

「獲られるからだべよ」

「昔だって獲ってただろう？　それでも近寄ってきた」

「鰰は頭のいい魚だからな。獲られないようにしたんだべ」

長谷川貞三は留吉とのやり取りを手紙に書き、秋田県師範学校に送った。

三週間後、返事が届いた。差出人は助教師・桜田孝市。水産学の研究をしているという人物からの手紙には、一度現地を訪れて鰊不漁の原因を調査したいと書いていた。

一週間後、八森村役場に桜田孝市が現れた。二七歳の青年だった。さっそく漁場を見たいという桜田孝市を伴い、中浜海岸で漁網の繕《つくろ》いをしていた留吉を訪ねた。

「今度は学者かよ」

あきれながらもふたりを船に乗せてくれた。

中浜海岸の沖合二〇〇メートル、雄島を越えて外海に出ると波が高かった。

「この辺りだ」

「こんな海岸近くが漁場なのですね」

「真冬は海が荒れる。これ以上沖に出たら高波で船がひっくり返る。しかし休むわけにもいかねえ。荒れた時にこそ鰊が獲れるからだ。雷が鳴って吹雪くような時に獲れるんだ」

「ちょっと見てきます」

「おい、やめておけ」

止めるのも聞かず、褌《ふんどし》一丁になって海に飛びこんだ。

「この辺りはどのくらい深いんだ?」

「五メートルはあるべぇよ」

ブクブクと泡が湧いてくるが姿は見えない。

「学者ってのは馬鹿でもなれるのか？」

「さぁ」

「この冷てえ海に潜るなんて正気じゃねえぞ」

ボコボコッと大きな泡の固まりが海面に吹きあがった。泡が消えると顔が出てきた。唇が青い。凍《こご》えて動けない桜田孝市をふたりがかりで船にひきあげた。


「思った通りでした」

中浜海岸の番屋で三人は焚火を囲んだ。桜田孝市がまだ歯をガチガチ鳴らしている。

「桜田先生、何が思った通りなんですか？」

「これです」

固く握りしめていた右手を開いて見せた。赤と緑の海藻が載っていた。

「ただのギバサでねえが」

「そうです。このあたりでギバサと呼ばれる海藻です」

留吉は番屋の隅から酒瓶を持ってきて、なかば強引に茶碗酒を飲ませ、自分もひと息にあおった。

「学者さん、ギバサが珍しいか?」

「いいえ。これの正式名称はアカモクと言ってホンダワラ科に属する海藻です。北海道から九州まで生息していますから珍しくはありません。ところであの漁具は何ですか?」

土間に転がっている二メートル程の棒状の漁具だ。先端に鎌と熊手が背中合わせに付いている。

「おぉ。あれこそがギバサ採りよ」

「いつ頃、どのように採るのですか?」

「ギバサは春のもの。荒れて沖に出られない日はギバサ採りの棒を海に突っこむ。鎌で茎を切って熊手でひっかけて船にあげる。漁師にとっては大事な稼ぎなんだ」

「アカモクには毒があります」

「そんなこたぁ知ってるさ。ゆでれば毒は消える」

「そうです。ゆでて、刻んで、箸でかき混ぜて粘りを出す」

「なんだ。知ってるのか。学者さんも」

「もちろんです。醤油もうまいですが、僕は味噌」

「ほぅ。味噌か」

「それをつまみにこれです」

「気に入った。ほれ」

また酒瓶を傾ける。

「でも、当分、ギバサ採りは禁止です」

「どういうことですか？　桜田先生」

「ギバサの生息域が減少していると思われます。鰰はギバサに産卵しにくるのです。そのギバサが少なくなれば産卵できない。だから八森の海に近寄らない」

「馬鹿こぐな（言うな）。いくら採ってると言ってもたかが知れてる。この海いっぱいに生えてるギバサの先っぽをちょっぴり刈り取ったぐらいで無くなるもんかよ」

「原因はほかにもあるかもしれません。でも、ギバサを増やさなければ鰰は戻ってこない。これが僕の見立てです」

翌日から桜田孝市は長谷川貞三の案内で八森の山に登った。中浜海岸に流れこむ真瀬川《ませがわ》の上流に向かって歩くのだ。

「真瀬川の源流はどこなのでしょうか」

「白神山地です」

「あまり馴染みのない名前ですね」

「そうでしょう。青森と秋田にまたがっていてブナの原生林が太古の姿そのままに残っています。あまりに厳しい自然が人を寄せつけなかった。だから名前も広まらなかった」

玄武岩の黒い岩肌が清流の中に顔を出していた。

「ここが三十釜《さんじゅうがま》です」

「綺麗なところですね」

大岩、奇岩、おう穴が連なり、眺めていて飽きることがない。

「近くに鉱山があるのでしょうか?」

「はい。でもどうしてそう思ったのです?」

「玄武岩の黒は鉄が酸化した色です。ですから赤く錆びたのもあります。鉄が溶けこんだということは鉄などの鉱物が産出されてもおかしくない山だと思ったのです」

「桜田先生は水産学だけでなく地質学もやるのですか?」

「そんなことはありません。地質研究も水産学なのです」

「ほぅ。そういうもんですかぁ」


真瀬川沿いの湿地に山へ続く道路が残っていた。登りきると平地が開けていて周囲をむきだしの崖が囲んでいる。崖の所々に四角い穴があり、すべての穴の入り口は竹垣でふさがれていた。平地の隅の標柱に【八森銀山跡】と記されていた。

「八森銀山は院内銀山に次ぐ産出量で秋田藩財政を支えたそうです。しかし江戸時代後期には枯渇して閉山。その後は、この通り放置されたままです」

「これも鰰を近寄らせない要因かも知れませんね」

「どういうことです?」

「鉱山を開発すると地中深くにあった物質が掘り起こされます。ヒ素、硫酸、水銀などです。それらが雨水に溶けだし、川にそそぐ。そして海で海藻を痛めつける」

「鉱毒か」

「断定はできませんが」

「さっそくここの土砂が川に流れこまないようにします」

「それがいいでしょう。しかしすでに鉱毒は真瀬川沿いの湿地に沈殿しているはずです。しかも大量に」

次にふたりはブナの原生林の中を歩いた。天空にまっすぐ伸びた幹に熊の爪痕が刻まれている。所々に切り株があり、ブナシメジが群生していた。

「結構な数の切り株がありますね」

「木炭をつくる材料に切り出しているんです。木炭は生活に欠かせないし、木炭を売って生計を立てている者もある」

「ブナを植えることは?」

「これだけの原生林が広がっているんです。植えなくても心配ないでしょう」

「いいえ。山が貧しくなるから海も貧しくなるのです」

数日の滞在後、桜田孝市は秋田県師範学校に帰っていった。

村長室に助役を呼んで切り出した。

「これから先は嚮導、つまり案内人が要る。職員をひとり増やしたい。私の俸給を半分にすれば雇えるのではないか」

また秋田県師範学校に手紙を書いた。

八森村役場に届いた手紙には【桜田助教師を三年間お貸しします】とあった。

桜田孝市は秋田県師範学校助教師の身分のまま、八森村で鰰を呼び戻す研究をすることになった。


中浜海岸の番屋で三人は焚火を囲み茶碗酒を飲んだ。

「それでオラにどうしろって言うんだ?」

「三度の冬、鰰漁を禁漁にしてもらいたい」

「なんだとぉ?」

「ギバサ採りも禁止だ」

「漁師を殺す気か!」

「違う。漁師を生かすためなんだ」

「三度の冬をどう生き抜けばいいんだ? 役場が金をくれるのか? それとも米を配給してく

れるのか？」

「役場にそんな金はない」

「じゃぁ、どうすんだよ！」

「別の仕事をしてしのいでもらいたい。その仕事を見つけてきた」

「はぁ？」

留吉はあわてている。この軍隊あがりの村長がきてからというもの、どうも調子が狂ってしまった。笑ったり、怒ったり、驚いたり。それまでの平穏で退屈な日々とまるで違う。

「漁師に魚獲り以外の何ができると言うんだ？」

竹篭の中から二合徳利《とっくり》をだして囲炉裏の横に置いた。徳利の口が杉の木っ端《こっぱ》でふさがれている。

「酒でごまかそうってのか？」

「これは酒ではない。しょっつる（鰰の魚醤）だ」

「しょっつるがどうした」

「売ってもらいたい」

「あんたは馬鹿か？　鰰を獲るなと言っておきながら、鰰からつくるしょっつるをどうして売れるんだよ」

「製造元に聞いたらしょっつるは寝かせるほどうまくなるそうだ。一番若いもので三年。古いものだと一〇年も寝かせるらしい。その熟成中の大樽が製造元に何十と転がっていた。能代や鷹巣、大館まで運べば欲しがる客はいくらでもいる。しかし真冬にソリをひいて売り歩く販売員がいない」

「漁師は口ベタだ。だから商人でなくて漁師をやってるんだ」

「口ベタでも手先が器用なのはいるだろう」

徳利の横に扇子《せんす》を置いた。秋田杉でつくられた扇子だった。

桜田孝市が広げてみて声をあげた。

「これは美しい」

「透《す》かし彫《ぼ》りだべ?」

薄い杉板を繋いだ扇子に細かい模様がくり抜かれて、向こう側が透けて見える。

「そうだ。鶴や亀の縁起物がよく売れるそうだ。家紋を彫ってくれと注文がきたらかなりの高額を取れる。しかしここまで器用な者は少ないだろう」

杉桶を取り出した。

「こんなもの、金出して買う奴はいねぇ。自分でつくるべよ」

「そうだ。だからこれに牛革を張る」

「はぁ？」

「太鼓ですね？」

「正解だ。桜田先生。小太鼓は子供の玩具だが祭りでも使われる。しょっつると扇子と小太鼓をソリに積んで売り歩く。小太鼓を叩いて客を集めるんだ」

「だめだ、だめだ。しょっつるを仕入れる元手がねえ。それに透かし彫りも小太鼓も技を身に付けるのに何年もかかる。春になって漁に出れば身に付けた技が離れちまう。何にしても素人が簡単にできねえから職人が食ってゆけるんだ。

それは漁師も一緒で板子一枚下は地獄。皆、命がけで魚を獲っている。度胸だけじゃねえぞ。潮目、風向き、気温、水温、日の出と日の入りの時刻、満潮、干潮、鳥山の動き、小魚の跳ね具合、海底の岩、川の水の流れこみまで全部を考えて、漁場と時刻と仕掛けを決めて海に放りこむのさ。

魚との勝負に勝つ時もあれば負ける時もある。たとえ負けても文句はねえ。自分が未熟なだけだからな。また次に工夫すればええ。勝負は永遠に続くんだから」

「このままでは続けられなくなる。三度の冬をしのいでくれればギバサが育って鰰が戻ってくる。鉱毒も流さないし、ブナも植える。しょっつるの仕入れの元手は役場で何とかする。だから留吉、漁師の皆を説得してくれないか。この通りだ」

留吉があきれて笑った。

「あんたが頭を下げるのはおかしいべ。あんたが一番この村のことを考えてくれてるのだから」


桜田孝市は留吉に船を出してもらい何十回も潜り、ギバサが根を張る所とそうでない所の違いを丹念に調べた。泥の有無だった。ギバサは泥のない岩場に育ち、泥が堆積した場所にはモズクやワカメなどの小型海藻が密生していた。泥は真瀬川から流れこんでいた。田畑の畔《あぜ》から堰《せき》に流れ出た泥水を海に運んでいたのだ。

そのことを知らされた長谷川貞三は畔に熊笹を植えた。八森銀山跡のむき出しの崖にも熊笹を植えた。坑道をセメントでふさぎ、山の土で覆ってから熊笹を植えたのだ。熊笹は根を張って土を固め、豪雨にも耐えて一滴の泥水も真瀬川に流さなかった。

八森銀山の湿地には葦を植えた。鉱毒のしみこんだ土壌を浄化するためだ。

（文吉さんが葦で、私は熊笹）

黙々と葦と熊笹を植え続けた。

最初の冬、役場の元手は馬ソリの借用代にあてられた。

「売れた分の原価を春にまとめて払ってもらえばええです。なんぼで売ってなんぼ儲けるかは売り手にお任せします」

しょっつるの製造元が長谷川貞三を信用してのことだった。

販売初日。能代の繁華街で長谷川貞三も販売員となった。

頭に紫の烏帽子を載せ、袖が異常に長い派手な着物をまとった。袴に、二〇センチもある高下駄を履き、手に持った小太鼓を馬の尻尾の付いた棒でボンボンと叩いて注目を集めた。

トザイ、トーザイ
東北西南　穏やかに
枝もはびこる御代の松
長き道中は太平楽
郷中の雨、宮功《くごう》の雨霰《あめあられ》
落ちれば同じ谷川の水

飲んで二つに変わりない

変わりがあるのはこのしょっつる
ひと口なめてご賞味あれ
秋田名物　八森ハタハタ
寝かせるほどにうまくなる

ここに並びししょっつるは
三年物、五年物、一〇年物
さぁさぁひと口なめてご賞味あれ
日本一のしょっつるで
今宵はすっぽり、鍋と参ろう

「どこで覚えたんだ？」

「村祭りで」

「あんなみっともないマネができるかっ！」

あらがう漁師に留吉が足を運んだ。

「留吉さんは鰰漁に出たくねえのか？」

「出たいさ。だけども鰰が戻ってこなくては漁にならないべ。三度の冬を禁漁にさせてくれ」

無視して鰰漁にでる船が続いた。

「八森で獲らなければ、鰰は皆、男鹿の漁師に獲られるんだぞ」

「ますます獲れなくなる。三度の冬、禁漁だ」

八森が禁漁としたため、数が出まわらなくなった鰰は能代の料亭で高く買われた。その噂が広まって鰰漁に出る船が増えた。

留吉が力尽くで止めた。

「禁漁だと？　漁師が魚を獲って何が悪い」

「オラを殴ってもいい。漁に出るのはこらえてけろ」

「間違いねえのだか？　三年で鰰は戻ってくるのが？」

「オラは信じた。あの軍人と学者を信じた」

「八森で一番の漁師がそう言うのなら、オラも信じるよ」


四月、ひとり白神山地に登った。

まだ一面雪に覆われている。それでもブナの根のまわりだけは地面が見える。根まわり穴だ。樹上に積もった雪が解けて幹を伝って流れる。この融雪水が根まわり穴をつくるのだ。白神山地の雪解けは根まわり穴から始まり、六月までかけて全体に広がってゆく。

ブナは春に赤くて甘い果実をつける。冬、茶褐色に変色した果実は雪の上一メートル四方に一千個も落ちる。果実の中にはドングリ（種）が二粒入っている。ソバの実に似た形状のドングリだ。

雪が解けるとドングリは一斉に発芽する。しかし育つのは保水力のある土壌で陽当たりの良い場所の若芽だけだ。たまたまそこに落ちるか、風で飛ばされたり、鳥に運ばれたりしない限り稚樹に育つことはない。その稚樹も周囲を雑木に囲まれて陽が当たらなくなるとたちまち枯れてしまう。

長谷川貞三は雪の上の実を背中の竹篭一杯に拾った。家に持ち帰って殻をむき、中のドングリを取り出す。中浜漁港の荷さばき所からゆずり受けた木箱に土をしき、ドングリを植える。庭の陽あたりのいい場所に木箱が何十箱も並んだ。発芽して若芽が伸びると木箱から裏の畑に植え替えた。

ブナの木を育てるのだと聞いた村びとは村長の頭がおかしくなったと陰口を言い合った。


梅雨時には病気にかかり、夏には虫に食われ、若芽は最初の一割に減った。

秋、稚樹を白神山地に植えに行った。長谷川貞三が荷車をひき、妻・ウノが押した。

「この姿を見たら八甲田の仲間は何と言うだろう」

「命の使い途を見つけたと喜んでくれるでしょう」

「そうだろうか」

「決まっています。皆、家族といたいのですから」

ブナ林の途切れた牧草地に稚樹を植えた。しかし冬を越して春まで育ったのは一本も無かった。諦めて植樹などやめてしまおうと言ったのをウノが反対した。

「諦めの悪いのがあなたです。自分の心に素直でいてください」

翌年は稚樹を村の白瀑《しらたき》神社でお清めしてもらってから植えに行った。桜田孝市と留吉も手伝い、一〇本程が冬を乗り越えてくれた。

翌々年、留吉を師匠と慕う若い漁師たちも手伝い、ブナの植樹面積は少しずつ広がっていった。

三度の冬を禁漁とした八森・中浜海岸に鰰の大群が押し寄せた。三人は荷さばき所の喧騒から逃れて番屋に向かった。

「春になったら、師範学校さ戻るのが？」

「えぇ。まぁ。おそらく」

「なんだか、ハッキリしねえのぉ」

桜田孝市は茶碗を囲炉裏端に置いて長谷川貞三に顔を向けた。

「村長に残ってくれと言われたら何年でも延長します」

「それはできない」

「もう用済みということですか？」

「いや、桜田先生の研究はこれからも八森村には必要だ」

「だったら」

「私には資格がないのだ」

「わかるようにしゃべってけれや。村長」

「私は一期四年の約束で村長になった。あと少しの任期だ」

「そんなこたぁ心配いらね。次の村長選挙も無投票で当選だ。これだけの仕事をしたんだ。一〇年でも二〇年でも続ければええ。反対する者なんぞいねえどぉ」

「やりたいことがある。それに人生の残りの時間を使いたい。村長は一期限り。だから残ってくれとは言えんのだ」

ヒューヒューと板壁の隙間から冷たい風が入りこんでくる。

「村長の残りの人生を賭けてやりたいこととは何なのです?」

「寺院を建てたい」

「お寺ですか?」

「そうだ。二〇年前に八甲田で死んだ仲間の慰霊の寺院だ」

「あれから二〇年も経ったのが」

「あぁ。文吉さんが死んでから二〇年も経ってしまった」

「文吉さんとはどなたです?」

「神成文吉大尉。歩兵第五連隊・八甲田山雪中行軍隊隊長。私と同じ鷹巣出身で一歳上の幼馴染だ。私はいつも文吉さんの背中を追いかけていた。文吉さんは私の憧れだった。遊びでも運動でも勉強でも文吉さんには何一つかなわなかった。美男子で嫌味がない。温厚な性格でいつも私に優しかった」

板戸の隙間から見える番屋の外が吹雪いている。

「今後、二度と話すことはないから、ふたりには聞いてもらいたい。長い話になるかもしれないがいいだろうか?」

留吉と桜田孝市がうなずくのを見て長谷川貞三は茶碗酒をすすった。

四、八甲田

日清戦争に勝って下関条約を結んだ一週間後、露独仏が条約を認めないと表明した。三国干渉だ。三国との戦争を回避したい日本は遼東半島を清国に返還した。しかしその後ロシアは清国をだまして旅順を租借。鉄道敷設も認めさせ、大量の物資と人員を送りこんで旅順港に要塞を構築した。南下政策という本能を持つロシアは念願の不凍港に何隻もの軍艦を停泊させた。

【日露が戦争になった場合、旅順のロシア艦船はいつ、どう動くか】

日本軍は『厳寒期に日本海を北上し、夜陰に紛れて津軽海峡を太平洋に抜け、積雪の少ない八戸平野に上陸。太平洋岸の鉄道と橋脚を爆破したのちに拠点を築き、艦砲射撃とともに日本軍を迎え撃つ』と予測した。一番近い駐屯地の青森、弘前からでも八甲田越えには三日以上かかるからだ。

これに対応するため雪中行軍という耐寒訓練が各地でさかんにおこなわれた。

前年、真冬の岩木山《いわきさん》踏破に成功した弘前歩兵第三一連隊の福島泰蔵大尉は、弘前から十和田湖・三本木・青森・浪岡を経て弘前に戻る八甲田山系一周の一〇泊一一日にわたる壮大な雪中行軍を計画した。

今では確かめようもないが、誰かが弘前の計画を青森に伝えてけしかけたのかも知れん。軍隊は常に競争だ。先に手柄を立てたものが上に行く。連隊同士の競争意識を軍は歓迎した。その競争意識が連隊を強くし、師団を強くし、日本陸軍を強くするからだ。

それにしても突然だった。無論、命令とはそういうものだ。しかし、それにしてもだ。文吉さんに八甲田山雪中行軍隊隊長の下命があったのは出発のわずか三週間前だ。隊長を務めるはずだった原田清治大尉は奥さんが臨月との理由で行軍隊からはずされ山形に帰郷した。津川謙光連隊長（中佐）の判断だ。山口鋠少佐《やまぐちしん》に文吉さんを監督するように命じたのも津川連隊長だ。

誤解されやすいが八甲田山という単独峰はない。青森平野から南を望むと、前嶽、田茂萢《たもやち》岳《だけ》、赤倉岳、井戸岳、大岳、小岳、高田大岳、雛《ひな》岳、硫黄《いおう》岳の峰々が見える。八甲田山とはそれら峰々の総称だ。最高峰は大岳で一五八五メートル、一番低い雛岳でも一二四〇メートルもある山岳地帯だ。

原田大尉が文吉さんに残した雪中行軍計画は三泊四日で八甲田の北側をかすって、反時計まわりで青森に帰るというものだ。

一日目の目的地は田代新湯で青森屯営《とんえい》からの距離二二キロ。

二日目は増沢村（一八キロ）。

三日目は三本木村（一二キロ）。

四日目は青森まで列車で帰営。

一泊目だけ田代新湯で露営。二、三日目は村落の民家に宿営と書いていた。


文吉さんは私と同じ鷹巣生まれで冬山の怖さを知っている。だから直属部隊の新兵二〇名をひきいて、屯営から小峠までの往復一八キロにおよぶ予行演習をおこなった。その日は天候に恵まれ難なく完歩できた。食料や燃料を載せた運搬隊のソリも遅滞なく行軍した。

文吉さんが結果を報告すると山口少佐は一日で田代新湯まで踏破可能と判断し、五日後の一月二三日に出発すると全隊員に宣言した。弘前隊の帰営日より先に成功しておきたいとの気持ちが働いたのかもしれない。

出発日が近づくにつれて天候は悪化。もがり笛の音が日増しに大きくなった。最低気温零下五度。八甲田なら零下二〇度にもなる。暴風に雪も混じり視界が奪われた。文吉さんは出発延期を具申した。

しかし山口少佐は『原田大尉ならそうは言わない。盆暮のつけ届けを欠かさない配慮の行き届いた男だからな。今、何を期待されているかがわかっているのだ。弘前隊は新聞記者まで随行させて予定通り出発したらしいぞ』と答えたそうだ。

出発準備に多忙を極めていた文吉さんが私を訪ねてきた。

「臨時移動大隊本部にくわわってもらいたい」

「その臨時なんとかで私は何をすればいいのです？」

「冬山での耐寒法を指導してもらいたい」

「誰にですか？」

「山口少佐およびその取り巻き将校たち。そして全隊員だ」

「ちょっと待ってください。どういうことです？」

「山口少佐は生まれも育ちも東京だし、将校と隊員のほとんどが雪の少ない岩手、宮城の出身だ。霜焼《しもや》けくらいは経験しただろうが凍傷の予防法を知らない。凍った坂道の登り方も、雪壕《せつごう》での煮炊きの仕方もよく知らん連中だ。私も隊長として指導してきたが何しろ時間がなかった。すまないが行軍中に気付いたことはどんどん指導してもらいたい」

明治三五年（一九〇二）一月二三日（行軍一日目）。

六時三〇分、営門前整列。

気温零下六度、昨晩の降雪三〇センチ、今朝の積雪量八七センチ。朝陽に細氷がきらめく中、山口少佐が訓示。

六時五五分、神成文吉隊長の号令で出発。

行軍の構成は文吉さんのひきいる第一小隊四七名。

鈴木少尉の第二小隊四二名。

大橋中尉の第三小隊四一名。

水野中尉の第四小隊四五名。

中野中尉の特別小隊二三名。

それに山口少佐の臨時移動大隊本部一二名の総勢二一〇名だ。

全小隊から人数を出して編成した運搬隊五六名が最後尾だった。

七時四五分、幸畑《こうばた》陸軍墓地参拝。

一一時三五分、小峠到着。

気温零下八度。昼食のラッパが鳴ったが背嚢の握り飯はすでに凍結していた。皆、ナイフで削って食った。そして腹痛に苦しんだ。隊員は一粒の薬も持っていなかった。

一二時〇五分、小峠出発。

行軍を再開すると天候が急変した。風速三〇メートルを超える雪まじりの暴風に積もっていた粉雪が舞いあがり、風の中の雪と絡み合った。前後左右が白い壁となり、色彩は失われ、影と形は消滅した。目をあけている意味は明るさを感じることだけで、全隊員が盲人と化した。

毛布地のコートは凍結し風にあおられてバタバタと足を叩いた。丈の低い軍靴に重ねた藁沓《わらぐつ》は隙間から雪が入りこみ靴下を濡らした。背嚢に替えの靴下も手袋も入っていない。濡れた靴下は瞬《また》く間に凍り、隊員の足をも凍らせた。異常な冷気がコートの上から肌を破り骨を掴んでガタガタと揺らした。

大峠、大滝平、賽《さい》の河原、中ノ森を歩いた。行軍は縦に長く伸び、最後尾の運搬隊は遅れに遅れていた。

一六時〇〇分、先頭の第一小隊が馬立場《うまたてば》に到着。

しばらく遅れて私が到着すると文吉さんから運搬隊を督励して進行を速めてもらいたいと頼まれた。私は山口少佐の許可を得て、中野中尉の特別小隊とともに向かった。

皆が凍えている中、運搬隊だけは汗だくだった。ソリに積まれていたのは精米、缶詰、清酒、鍋、釜、木炭、薪《まき》、荒縄、マッチ、鎌、スコップ。それらを一四台のソリに分載し、四人一組でひくのだが八〇キロを超えるソリは坂道で横滑りした。特別小隊と手分けしてソリを押した。しかし運搬隊の靴底が滑ってソリに力が伝わらない。私は荒縄を鎌で切断して運搬隊員の靴を縛らせた。靴底に巻きつけることで滑りにくくできるからだ。我々はソリとともに何度も滑り落ちながら馬立場を目指した。

二一時〇〇分、運搬隊が馬立場に到着。

点呼。全員確認。文吉さんに遅くなったことを詫びると笑顔で礼を言ってくれたあと、方針が決まらないと表情を曇らせた。

山口少佐が今後の方針について将校会議を開いていたのだ。

「馬鹿な！　五時間もそんなことを？」

私の大声に少佐と取り巻き将校がこちらをにらんだ。

文吉さんは小声で教えてくれた。

「少佐は運搬隊のソリが到着しなければ、雪壕掘りも煮炊きもできない。将校会議以外にすることがないとおっしゃった。ほかにできることがあるのではないかと発言した小隊長はその場で交替させられ、それからはずっとこの調子だ」

「ソリが遅れるのはわかりきっていた。文吉さんはソリで山間部の坂道は登れないと具申したのではなかったのですか？」

「具申した。しかし、原田大尉の作成した計画を寸分違《たが》わず実行しろとの命令だった。原田大尉の計画に間違いはないと」

将校会議は堂々めぐりをくりかえした。軍医はこのまま行軍を続ければ多くの凍傷患者が出るとして即時帰営を訴えた。

「そんな恥ずかしいマネができるか！　小峠集落で日の丸の小旗をふられたのは、つい昼過ぎのことだぞ」

「弘前隊には新聞記者まで随行しているらしい。弘前隊成功の記事の隅に青森隊はあえなく失敗と書かれていいのか！」

「あと二キロ行けば温泉があるのだぞ！」

「しかしそこまでの道がわからなくてはどうしようもない」

「わかるさ。前嶽にぶつかったら左だ。そこに温泉がある」

「その前嶽がどこにあるかもわからぬではないか！」

「朝になれば見える」

「朝になっても雪も風もやまない。何も見えない」

「こうしている間にも隊員は凍える。行軍を再開しよう」

「引き返すのか、進むのか、どちらでもいい。決めてくれ！」

将校全員の目が文吉さんに向けられた。

「少佐のご意向に従います」

文吉さんは山口少佐に指示を仰いだ。

「ふん。あたり前だ。お前は私の命令を皆に伝えればいい。森の中に露営する。雪壕を掘って風をしのげ。飯を食って力を蓄えるのだ。日の出とともに田代新湯に向かう。かかれ」

小隊ごとに六畳程度の雪壕を掘った。スコップはソリ一台に一本しか積まれていなかった。二一〇名が入る雪壕掘りにわずか一四本しかないのだ。

固い地面まで掘るのが雪壕掘りの基本だが三メートル掘っても地面は現れない。森の中は吹き溜まり厚みを増すものだ。私は雪濠を巡回し、おしくら饅頭で温め合いながら雪を踏み固めろと指導した。しかし八甲田の雪は固まらない。片栗粉のようにスルリと逃げてしまうのだ。

それでもいくらか固まった平地に薪でかまどをつくり煮炊きにかかった。風は強くなるばかりで荒縄にも火が点けられないありさまだった。隊員は皆で風に背中を向けて壁をつくり、吹きつける風をさえぎった。ようやく火が点いたかと思うと今度はかまどの下の雪が解けて鍋が傾き、米と水が流れ出て火を消した。ひと握りの生煮えの飯を口に入れたのは午前一時を過ぎていた。

それでも腹にものを入れれば少しは力を得る。同時に小便や大便をしたくなるのが人間だ。だが指先が動かない。ズボンの前をあけることもベルトをはずすこともできず、多くがその場で垂れ流した。それに周囲が気付かない。大小便が一瞬で凍り匂いを閉じこめるのだ。

冷気は兵士の骨をギシギシと揺さぶって踊らせた。

若い隊員数人がこの露営地で死んだ。死人が出たことを知った山口少佐は前言を翻し即時帰営を決定した。


一月二四日（行軍二日目）。

二時三〇分、行軍開始。

昨日の足跡を頼りに青森屯営を目指すことになった。だがとっくに暴風が足跡を掻き消し、その上に腰より深い新雪が積もっていた。

真夜中だ。石油ランプもない。どの方向が青森かなどわかるはずがない。行軍は一時間程で止まった。鳴沢渓谷に入ってしまっていたのだ。

計画に嚮導を雇うとは書かれていなかった。将校の中に夏場、田代新湯に行ったのが数名いて道を知っていたからだ。

『簡単な道だ。小峠から前嶽を目指してひたすら歩く。前嶽に突き当たったら左に曲がる。すこし歩けば田代新湯だ。野原の中に湯が湧いている。粗末な小屋があって気のいい湯守がいる。湯からあがったらその辺にゴザを敷いて寝転がる。酒を飲む。また湯に入る。ハハ、それのくりかえしだ』

夏場のことだが過去には一六〇名が露営した実績もあった。

「このまま進めば渓谷を抜け出せなくなる。一旦さきほどの露営地にひき返し夜明けを待つ」

山口少佐の命令で行軍はまわれ右をおこなった。しかしまた迷ってしまう。

日の出の時刻は過ぎた。だがまるで滝壺のようにもうもうと湧きあがる雪煙で目印となるはずの前嶽も馬立場も、太陽の位置さえもわからなかった。

誰かにひき寄せられるように行軍はさまよった。

あれは雪女か、それとも魔女だったか。

「おい、向こうで手をふって何か叫んでいるぞ」

「あぁ。救助隊がきてくれたのだ。助かった！」

近づくと枝がビューービューーと揺れているだけだった。

再び水の流れる音が聞こえた。

「おい、見ろ。川の中に温泉が湧いているぞ」

川に飛びこみ、手足を動かせなくなって溺れ死ぬものもいた。あまりに低い気温に川霧が発生したのだ。

行軍は駒込川の本流に出てしまっていた。

進んでは戻り、戻っては迷い、そして二日目の陽が暮れた。

「窪地で露営する」

もはや雪壕を掘ることもできなかった。山口少佐は一刻も早く帰営するため、足手まといのソリを捨て運搬隊を解散させていたのだ。

歩きまわって体力を消耗し、暖も取れず、口に入れる食べ物もなかった。

次々と隊員が倒れた。誰もが眠たかった。しかし眠ることは死ぬことだ。軍医が眠るな！起きろ！　起きろと怒鳴っても皆、落ちてくるまぶたを上げることができない。不思議なもので目を閉じると音まで聞こえなくなるのだ。軍医の怒鳴り声も、絶え間ない風切り音も、自分の吐く息の音さえも聞こえない。

そして暖かい。目を閉じると暖かいのだ。

（なんだ、暖かいじゃないか。眠れば死ぬなんて軍医は意地悪を言っているのか。これほど暖かくて気持ちが良いのに……）

私も眠るつもりでいた。

〝眠ってはなりません〟

頭の中でウノの声がした。

四年前にめとった妻だ。備中《びっちゅう》（岡山県）の士族の娘。父親が秋田県税務官で鷹巣収税処所長。家族で父親の勤務地に越してきていた。

〝そんなところで眠るのは、お行儀が悪うございます〟

勝ち気な娘だ。浅黒く日焼けした顔に白い歯を見せて笑った。初めて会った時からふたりは気が合った。男勝《まさ》りと言われておとなしくするウノではない。ともに馬で駆け、山に登った。どんなに険しい山でもくじけなかった。

（あの顔が見たい。またウノの顔が見たい）

私は上まぶたを手袋でこじあけて立ち上がった。

多くの隊員が雪の上で眠っていた。そしてそのまま凍りついた。


一月二五日（行軍三日目）。

三時〇〇分、点呼。

三分の一の隊員を失っていた。残り一四〇名余りも三分の一は重度の凍傷でひとりでは歩くことができない。

「あと少しだ。皆で助け合うのだ」

文吉さんが励ますと、二人一組で重傷者を両脇から抱えた。


二時間半も歩いた時、誰かが言った。

「死体が転がっている。ここは先ほどまでいた窪地だ」

元の場所に戻ってしまっていたのだ。

ある隊員が死体のそばに駆け寄ってひざまずくと死体の首巻を解き、それで自分の頭をフードの上から覆った。次々と隊員がそれをまね、全ての死体は身ぐるみはがされた。

誰もそれを止めなかった。

文吉さんが山口少佐のもとに走ったのを私は見ていた。

「全権を私に預けてください」

「のぼせるな」

「このままでは全滅します」

「貴様の未熟を助けてやっているのだ。身の程をわきまえろ」

「行軍失敗の責任は私が取ります。どうかお任せください」

「言ったな。責任を取るのは貴様だぞ。貴様だからな」


文吉さんは小隊長を集めて言った。

「山口少佐より全権を委任された。今後は私が命令を発する」

隣の山口少佐が否定しないため、将校たちは言葉通りにそれを受け取った。

「むやみに歩いて体力を消耗すればさらに多くの犠牲者がでる。体の動く者を選抜して帰路の探索に向かわせたい。あくまでも本人の希望を確認した上でだ。帰路探索隊以外は再びここで露営して体力の温存に努める。さっそく各小隊から希望者を募ってくれ。以上だ」

一二名の応募があった。私も行こうとしたが文吉さんに止められた。

「貞三には山口少佐の近くにいてもらいたい。少佐を死なすわけにはゆかん。頼んだぞ」

七時〇〇分、帰路探索隊出発。

一二名の帰路探索隊は、渡辺軍曹と高橋伍長の二隊に分かれて露営地を出発した。

一一時三〇分、高橋伍長帰着。

高橋伍長が露営地に戻り、文吉さんに馬立場までの道を発見したと報告した。

「でかした！　天祐だぁ。全員、馬立場に向けて出発！」

「オーッ」

文吉さんの号令に露営地の全員が奮い立ったのを覚えている。我々は高橋伍長を先頭に馬立場に向かった。

いよいよ帰れる。誰もがそう信じて荒れ狂う吹雪に飛びこんだ。


山口少佐のうしろを歩いていると声をかけられた。

「なぜ私の近くを歩くのだ？」

酔っているのかと思った。呂律《ろれつ》が怪しい。

「神成大尉に山口少佐の護衛を命じられました」

横に並んで瞳を見た。焦点が合っていない。

「私の出自を知っているか？　徳川三百年を支えた幕臣だぞ。戊辰以来、薩長の成り上がりがのさばっているが私の中に流れている血はものが違う。私は上に立つべき人間なのだ。神成に足をひっぱられては迷惑千万。護衛は要らぬ。それに私には倉石大尉と伊藤中尉がついている。ふたりとも士族出身だ。これだけ言えばわかるだろう。以後、私に近寄るな」

私は単独行動をとることにした。

誰もがあえいでいた。

落伍者を拾うためにふり向けば、前を行く者を見失った。

月も星もない純白の宇宙に放り出され、自分の指先さえも見つけられない。馬立場は現れない。途方に暮れて立ち止まれば蟻地獄のように足が雪に埋まってゆく。冷気は皮膚だけでなく筋肉と血液までも凍らせて身体の自由を奪っていった。行軍隊は散り散りになり、私もはぐれた。

(アッあの背中！)

私は胸までの雪を漕いだ。

(あの背中に追いついて抱きしめるのだ。おいてかないで。もう、おいてかないで。山口少佐の護衛をやり遂げられなかったと詫びねばならない。おっかないかとからかわれてもいい。手

を握って離さないのだ。一緒に帰って約束通り酒を飲もう。子供の頃の話をしよう）

重砲の集中砲火と紛《まご》う暴風の中で声が聞こえた。

「貞三。私に構わず行ってくれ。この吹雪の先に何があるのかを教えてくれ。貞三、頼んだぞ。貞三」

「いやだぁ！　ひとりはいやだよ。一緒に行こう。歩けないなら貞三が背負うよ。文吉さん、ねぇ、文吉さん。ねぇ、ねぇ」

（もうすぐだ。もうすぐあの背中に手が届く）

雪庇《せっぴ》を踏み抜いて転がり落ちた。

雪まみれになって何十メートルも落ちた。ようやく体が崖下に止まった時、私は死んだのだと思った。手足に感覚がない。

（眠い。このまま眠ろう。……ウノ、すまない）

カァ、カァ。　カァ、カァ。

どうやら無事に死んだようだ。死体を見つけたカラスが仲間を集めているのだろう。餌を見つけたぞ。大きな餌だぞ。

カァ、カァ。　カァ、カァ。

それにしてもカラスが鳴くじゃないか。待てよ。カラスというのは人里で残飯を餌にして生きている鳥だ。ならば近くに人家があるということか。きっとそうだ。

夢中で雪溜まりから這い出した。目の前に道があった。歩いた先に炭小屋を見つけた。板屋根を笹の葉で覆い、板壁に杉皮を貼って隙間をふさいだ粗末なものだった。戸をあけると三人の隊員がいた。

「おっと、先客がいたのか。しばらく同宿する。宿賃は払うし、イビキはかかねえからよぉ。なぁ、よろしく頼むよ」

笑わせたかった。何しろ三人は自分の首にナイフを突き立てる寸前だったのだ。小屋の中に炭俵が積まれているがマッチも火打石もない。食料もなく天候も回復しそうにない。どうせ助からないなら潔く自決しようと決めたのだった。

「食い物ならここにある」

私は首元から紐を出して見せた。

紐の先にぶら下がっている袋の口をあけて見せると、三人はようやくナイフを置いた。

「死のうなんて考えはよせ。そもそもそんな手でナイフは突き立てられない。腫《は》れて、色が黒く変わってしまっている。かわいそうだが指は切り落とすことになるだろう」

三人は声をあげて泣きだした。

「泣ける力が残っているなら助かるぞ」

私たちは身を寄せて互いの背中をこすりあった。背中を温めると次第に血がめぐり、こすっている手にも赤みが射してくる。三人はあくびをした。

「だめだ。眠るな！　まだ体は凍ったままだ。今、眠ったら死ぬ。唄を歌え！　なんでもいい。故郷の民謡を歌え！」

一晩中四人で歌い続けた。私は三人の口の中にサイコロ餅をひとつずつ入れてやった。袋の中の餅はいつまでも暖かい。餅には唐辛子の粉がまぶしてあった。


そして私は祈った。

私の祖父はマタギだ。

子供の頃、爺様に何度も冬山に連れて行かれた。

雪道の歩き方も、食料の携帯方法も、餅や煎り豆に唐辛子やにんにくの粉をまぶすのも、手をこすったり、足踏みをして凍傷をふせぐのも、皆、爺様に教わったことだ。


山の神を信仰する爺様は私にも信仰心を持てと言った。


『どんなにいばったって、山に入れば人間なんて弱い生き物だ。

兎も熊も鳥も自分だけで冬を越せるのに、人間は一晩も生きていられない。

山の神の声を聴け。

雪の降り方。

風の吹く音。

雲の流れる速さ。

みんな山の神の声だ。

吹雪の中で歩きまわってはだめだ。

穴ぐらに入って手を合わせて山の神に祈れ。

助けてくださいと祈るのではなく、吹雪がやむまでこの場所をお貸しくださいと祈るのだ。

山は、山の神のものだからな』

第五連隊雪中行軍隊が八甲田で遭難していた時、津川連隊長は屯営にいなかった。青森市街の料亭で栄転する同僚の送別会を主催していたのだ。恩を売っておけばいずれは自分に返ってくる。津川連隊長の処世術なのだと聞かされた。

宴会の席で行軍隊が目的地の村落に到着せず連絡もつかないと報告されても、田代新湯でゆっくり湯治でもしているのだろうと答えたそうだ。

こうして救援隊の派遣は二日も遅れた。

私たちが炭小屋で救助されたのは二月二日。

炭小屋の八日目。雪中行軍出発から一一日目だった。

神成文吉大尉の死は病院で聞いた。
一月二七日　午前一〇時〇〇分、小峠集落まであと少しの大滝平。降り積もった雪の上に顔だけをだして一点を見つめていたらしい。
仮死状態で注射の針も折れ曲がるほどに身体が凍結していたということだ。懸命の蘇生《そせい》処置が施されたが手遅れだった。三二歳だった。

山口少佐は意識不明の状態で病院に担ぎこまれたが数日後に亡くなった。

一九九名が死亡して生存者は一一名。うち八名が重度の凍傷で手足を切断。五体満足で退院できたのは、私と倉石一大尉と伊藤格明中尉の三名だけだった。

福島泰蔵大尉ひきいる弘前の雪中行軍隊三八名は無事に踏破した。
弘前隊は目的地に到着するごとに、地元のマタギを新たな嚮導として雇い、短い距離で村落の民家に宿営した。

マタギは靴下の内側に粉唐辛子をふって足を温めるのだと教えた。

凍った丸木橋を渡るときマタギは持ち歩いている灰を丸木橋の上にまき、行軍隊の靴底にも灰をこすりつけさせた。すると驚くことにまったく滑らなかった。

前後左右の区別もつかない吹雪に囲まれるとマタギは一本の荒縄を隊員全員に握らせた。

『吹雪の中ではぐれたら二度と会うことはできない。これを握っていればはぐれない』

隊員の耳の感覚がなくなるとマタギはその耳を雪で揉んだ。外気温よりも雪が暖かいのだ。そうしてから手でこすって、温めた。

そしてマタギは背中を冷やすなと何度も注意した。

『大事な筋が通っている。冷やせば身体も頭も動かなくなる』

エピローグ

鷹巣市街から米代川をはさんだ東側に鉢巻山《はちまきやま》がある。

標高九一メートル、お椀をふたつ伏せた形状の里山だ。中腹の墓苑が満開の桜に埋もれている。高台に墓石型の石碑があり【陸軍歩兵大尉神成文吉君之碑】と刻まれていた。

「文吉さん、貞三です。ここには初めてきました。鷹巣の町が見渡せるいい所ですね。文吉さんの生まれた家も、菩提寺の浄運寺も、ここからはよく見えるのですね」

襟元の紐をたぐり上げその先の袋をあけると、卵形の黒くて平たい石を取りだして石碑の台座に置いた。

「綴子大太鼓の祭り見物の帰りにもらった石です。八甲田でも、黒溝台でも、これに助けられました。今でもずっとお守りとして身につけているのですよ」

石碑を見あげてから頭をさげた。

「靖国神社に手紙を書いて、合祀《ごうし》を訴えましたが受け入れてもらえませんでした。訓練中の遭難死は戦死ではないと言うのです。

寺院の建立《こんりゅう》も頓挫《とんざ》しています。陸軍も政府も今はそれどころではないと取り合ってくれないのです。何ひとつ力がおよばず申し訳ありません」

長谷川貞三は石碑を見上げた。

「文吉さん、八甲田の吹雪の先にあったのは、やはり吹雪でした。黒溝台も吹雪でした。日露戦争が終わってからも世界大戦があり、関東大震災がありました。貧しい者はわが子を売り、米を奪うために人を殺しました。文吉さん、日本は今年二月、満州国を建国しました。また、吹雪です。

文吉さん、人は絶え間なく続く吹雪の中を歩くしかないのかもしれません。倒れても、迷っても、一歩一歩、吹雪の先に向かって歩くしかないのです。

私も歩きます。子供の頃、文吉さんの背中を追いかけたように、吹雪の彼方に向かって歩き続けます」

【誠信院忠山雪堂居士】

長谷川貞三は宮城県松島の瑞巌寺《ずいがんじ》で得度《とくど》。僧侶の資格を得て右の戒名《かいみょう》を授《さず》かった。
寺院建立の発起人《ほっきにん》となり政府と陸軍に嘆願《たんがん》をくりかえした。
設計図と建設予定地まで決まっていた寺院は工事開始寸前で何度も先送りされた。

風にのって聞こえる太鼓の音。
ドロンドロンと腹の底にひびくのは綴子大太鼓。
もうそんな季節か。

（完）

天鷺《あまさぎ》に舞《ま》う

平安京造都と蝦夷征伐は目的と手段の関係でありその逆も成立する決して切り離せない一組の事業。移民同化政策を推進する中央政府に対してアイヌはどうするのか。天鷺郷の酋長ハヤオは決断を迫られる。

登場人物

ハヤオ　天鷺郷《あまさぎのさと》の若き酋長《しゅうちょう》。

コユキ　冬族の酋長の娘。ハヤオの妻。

高洋粥《こうようしゅく》　渤海使《ぼっかいし》・天鷺郷の住人。

トウド　冬族の酋長に命じられて天鷺郷へ。

ヒョウガ　冬族の酋長に命じられて天鷺郷へ。

恩荷《オンガ》　男鹿島《おがしま》の酋長で俘囚《ふしゅう》。常人の二倍の巨人。

白竜《はくりゅう》　飛島《とびしま》海賊の頭領。

長面三兄弟《ながつらさんきょうだい》　房住山《ぼうじゅうざん》の山賊。顔の長さが体の半分もある。アッケト、アッケル、アッケシ。

坂上田村麻呂《さかのうえのたむらまろ》　征夷大将軍。

大伴押科《おおとものおしか》　征夷軍・副将軍。

桓武天皇《かんむてんのう》　第五〇代天皇。平安京遷都・蝦夷征伐断行。

菅野真道《すがののまみち》　当代随一の賢者。桓武天皇の側近。

藤原緒嗣《ふじわらのおつぐ》　坂上田村麻呂の後援で突如現れた若き政治家。

天鷺に舞う　目次

一、欠けた月の輪

見覚えがあった。月の輪が欠けている。突進してくる。喉笛《のどぶえ》に牙《きば》が迫り半身でかわした。爪が耳の脇の空《くう》を切る。目が合う。犬が吠える。腰の剣を抜いた。欠けた月の輪が立ち上がる。ハヤオの背は胸までも届かない。

左右の爪が頭を襲う。前に転がりながら右足に剣を突き刺してすぐに抜いた。雪の上に赤い血が広がった。猛然と突っこんでくる。牙が左足に突き刺さる瞬間、宙に飛んだハヤオは剣を両手で握り、欠けた月の輪の眉間《みけん》に根元まで突き刺した。

館に戻ったハヤオを男が待ち構えていた。

「また山に行ってきたのか」

あきれたように聞く。

「あぁ。不動滝《ふどうだき》の奥まで行ってきた。たまには一緒にどうだ」

ハヤオが笑顔で問いかえした。

「そんなのんきなことを言っている場合ではない」

「渤海使《ぼっかいし》・高洋粥《こうようしょく》ともあろう者が何をそんなに」

「渤海使を笑いものにするか」

「まさか」

「今、渤海使は関係ない」

「わかった。しかし」

「しかし、なんだ」

「いずれは帰国した方がいいと思うが」

「帰国はいつでもできる。それより、この郷のことが心配だ」

「すまないが熊送りが終わるまで待ってくれ」

集落の中央に丸太で組まれた祭壇がある。大人の胸ほどの高さで、上に熊がいた。四肢を広げ、腹ばいに寝ていて動かない。

祭壇のまわりを大人の男たちが囲んだ。大人の女たちが男たちの背中から少し離れた四つの角に枯枝を積みあげ火を灯した。

集落のすべての子供が母親の手を握って男たちのうしろに座った。母親の手を握れない子供たちは兄や姉の手を握った。夕陽が海に落ちて、月が雲に隠れた。

ハヤオは四つの篝火の前で祈りを捧げる。髪は肩に届く。樹皮で織った白い鉢巻に鳥の羽を差していた。左右の耳の脇から大きな青白い鳥の羽が天に向かって広がっている。

祭壇の下でひざまずき祈りを捧げる。合わせられた両手の上に剣が載っていた。月を覆っていた雲が流れる。祈りの声は次第に大きくなり、男たちがそれに合わせた。祭壇に架けられた階段を昇る。四人の男がそれに続いた。

祈りにはうたうような節がついている。女たちの声がくわわり、祈りの合唱はさらに大きくなった。熊の前にひざまずき、両手を天に伸ばした。剣が月の光を映している。四人の男たちが熊を仰向けにした。胸元の月の輪が欠けていた。ハヤオは欠けた月の輪をまたぎ、首に剣を突き刺して股座《またぐら》までいっきに切り裂いた。衣服に赤い血がかかった。麻の白い衣服は紫の腰帯で結ばれている。剣を腰帯の鞘に戻し、欠けた月の輪に一礼して祭壇をおりた。

熊の魂を天に還《かえ》す儀式が終わった。

欠けた月の輪は四人の男たちによって手際よく解体されてゆく。毛皮がはがされ、脂肪に覆われた肉と内臓が切り分けられる。女たちが大きな木皿を抱えて祭壇の下に列をつくった。祭壇の上の男たちが解体した肉片を差し出された木皿に載せる。女たちは四ヶ所の篝火《かがりび》を取り囲み、木皿の肉片をさらに細かく切り分ける。それを男たちが竹串に刺し、篝火のまわりに突き立ててゆく。肉片には塩がふられている。集落の広場中に肉の焼ける香りが広がった。肉をほおばる子供たちが歓声をあげる。大人たちの口に酒がそそがれてゆく。欠けた月の輪の肉、毛皮、内臓、筋、血の一滴にいたるまで集落の全員に公平に分配された。ハヤオはそれを見届けて館に戻った。


高洋粥はハヤオの前に地図を広げた。

「この島の名を知っているな?」

「鳥海山《ちょうかいさん》の沖にある島だから……飛島《とびしま》だろう。飛島がどうした」

「海賊が住んでいる」

ハヤオは目を丸くして吹き出した。

「まさか海賊を恐れているのか?」

高洋粥はニコリともしない。

「もう茶化すのはよせ。大事な話だ」

ハヤオはうなずいて地図に目を落とした。

「飛島海賊は北は渡島《おしま》(北海道)から南は能登半島にまでも船を出す」

「たいしたものだ」

「飛島海賊はわずか五〇人ほどだ。それが滅ぼされずに生きながらえているのには理由がある。都や蝦夷《えみし》の様子をつぶさに調べているのだ」

「ふむ」

「都の軍勢に追われた蝦夷が島に逃げこむことがある。奥羽山脈の東、気仙沼《けせんぬま》の大島に大勢の蝦夷が逃げこんだ。都の軍勢は一〇〇艘の船を並べていっきに大島を攻め滅ぼした。蝦夷だけでなく大島を根城にしていた海賊までも。この話はわずか四年前に起きたことだ」

「その話なら俺も聞いたことがある」

「飛島海賊の頭領は白竜《はくりゅう》という若者だ。年齢はハヤオと変わらない」

「ほぅ」

「その白竜から聞いたのだ。二万の軍勢がここにくる」

「二万？」

「ひきいる将軍は坂上田村麻呂《さかのうえのたむらまろ》」

「聞いたことのある名だな」

「四年前の蝦夷征伐で手柄をあげ、昨年、副将軍から征夷大将軍《せいいたいしょうぐん》に昇格した。その坂上田村麻呂ひきいる二万の軍勢が冬になる前にこの天鷺郷《あまさぎのさと》に押し寄せる。蝦夷征伐《せいばつ》のために」

「もう都を出立したのか？」

「いや、まだだ。しかしすでに兵糧《ひょうろう》拠出と出兵の勅命《ちょくめい》が各国に下っている」

「なぜだ」

「なぜとは」

「なぜわれらを征伐する」

「桓武《かんむ》天皇は蝦夷を征伐しなくては気がすまないのだ」

「われらは都の天皇に服従した。その証拠に貢物《みつぎもの》を送り届けている」

「わが領土にしてしまえば進貢《しんこう》を受けずともいくらでもほしいままにできる」

「秋田城介《あきたじょうのすけ》・大野西人《おおのさいと》はこの郷に手出しせぬと誓ったぞ。われらが従う限り北は雄物川《おものがわ》から南は子吉川《こよしがわ》までの天鷺郷はわれらに任せると」

「地方役人はそんな誓いを都にまでは知らせぬものさ」

「すでに服従し抵抗もしないわれらをなぜ討たねばならぬのだ」

「蝦夷が恐ろしいからだろう」

「何が恐ろしいのだ」

「何もかもだ。話す言葉も、風習も、信じる神も違う。小刀ひとつで熊を殺し、弓矢があれば遠くを駆ける鹿や猪、空を飛ぶ隼《はやぶさ》までをも正確に射抜くのだ。その刀や弓矢が都の天皇に向けられたらと思えばさぞ恐ろしかろう」

（人は違って当然なのに……、なぜ恐れるのだ）


月を眺めているハヤオにコユキが寄り添った。

「悪い知らせ？」

「さあ、どうだろう」

「あの渤海使は不思議な男ね」

「あぁ。誰よりもこの郷のことを心配している」

「ハヤオに惚れてるのよ」

「まさか」

ハヤオはコユキの肩を抱き寄せた。

「娘たちが喜んでいたわ」

「欠けた月の輪のことか」

「ええ。父さまがかたき討ちをしてくれたって」

「殺したくはなかったが」

「狂い熊に？」

「あぁ。目が合った時、話しかけたが通じなかった」

「狂い熊になってしまえば仕方ないわ」

「娘たちは子殺しを恨んでいるのだろう」

「あの時は口もきけないほど」

「欠けた月の輪だけでない。雄熊は別の雄熊の子供を見たら噛み殺すもの。一年前のあの時、母熊が必死に戦っても欠けた月の輪には勝てなかった。欠けた月の輪も子孫を残すのに必死だ。欠けた月の輪は悪くない。すべてはカムイがつくられた決まりの通りに生きているのだ。

熊も鹿も猪も鳥も人もカムイの命じることに背くことはできないのだよ。このハヤオという男も」

「カムイはハヤオになんと命じているの？」

「すべてコユキの言う通りにせよと」

「嘘」

ふたりは唇を重ねた。

「この郷にもようやく春が訪れたが十勝郷《とかちのさと》はまだ真冬だろうなぁ」

「いいえ。雪の下でふきのとうが芽を出し、その臭いに鹿が気付いてる。雪の下とはいえ渡島にも春がきているのよ」

「帰りたいか？」

「何を考えているの？」

コユキはにらみつけた。その視線を受け止めてハヤオは笑みを返す。

「初めて会った時もにらみつけられた。その目に俺の胸が射抜かれたのだ」

「またその話」

「そこの見なれぬ男、そこで何をしている！……俺は真夏の日高《ひだか》山脈を越えて十勝平野におりたばかりだった。疲れ果てて手足が動かない。喉が乾いた俺は目の前の小川に夢中で頭を突っこんだ。冷たい水を飲んでようやく息を吹き返し、さてこれからどうしたものかと立ちあがった時にさきほどの言葉だ。……ふり返ると美しい娘が俺をにらんでいた」

「ふり返った男は見覚えのない……美しい男だった」

ふたりはまた唇を重ねた。

「あれからもう一〇年か。コユキは少しも変わらず美しい」

「ふたりの娘を産んだのよ。変わらないわけはない」

「一度に双子を産んだのだからかわらず美しい」

「まるで夢のよう。日高山脈を越え、津軽海峡を小舟で漕ぎ渡り、白神《しらかみ》の森を抜けて八郎潟で舟を借り、そしてついに雄物川の南、天鷺郷にたどりついた。わずか半年でこれだけの旅をしたのよ。ハヤオとなら怖くなかった」

「後悔はないか?」

「聞くまでもないこと」

「父様《ミチ》と母様《パポ》はどうしているかなぁ」

「元気に暮らしているはず。トウドにもヒョウガにも知らせがないもの」

「ならば良かった」

月が天を照らしている。篝火は消され集落は静かだ。

「トウドとヒョウガもハヤオに惚れてるわ」

「何のことだ」

「ハヤオの山歩きに喜んでついてゆくもの」

「犬の調教のためだ。俺と一緒にいたいからではないさ」

「そうかしら。本来の役目を忘れてしまったのよ。ふたりとも」

ハヤオはコユキの髪をなでる。

「ムックリ（口琴）を弾いてくれないか」

「何の曲がいい？」

「コロポックル」

「蕗《ふき》の葉の下の人……小人物語ね」

コユキは腰帯にはさんでいたムックリをくわえ、紐を弾きながら優しい調べを奏でた。月の美しい夜だった。

同じ月を坂上田村麻呂は都の宮殿で見上げていた。四年前、桓武天皇は長岡から平安に遷都《せんと》した。

「都らしくなってきたと思わぬか」

「紛《まぎ》れもない都にございます」

「皆、よく働いてくれる」

「日が昇るごとに街は大きく賑《にぎ》やかになっております」

桓武天皇は視線を月から田村麻呂に移した。

「将軍はいくつになる」

田村麻呂は桓武天皇の胸のあたりに視線を移した。ふたりきりとはいえ、顔を直視するのは畏《おそ》れ多い。

「四〇歳になりました」

「そうか。一一歳も若いのか」

「未熟にございます」

「いや年齢は関係ない。立派な働きぶりによって将軍になったのだ」

「はっ」

しばらく間があった。

「血筋も、在所も、顔形も、関係ないのだ」

田村麻呂はうなずいた。

「蝦夷のことを教えてくれ」

「はっ、蝦夷とは都の官僚が名付けたもの。蝦夷は自分たちをアイヌと呼びます」

「アイヌ？」

「人間……という意味です」

「われらと何が違う」

「何も違いません」

「文字を持たぬと聞いたぞ」

「はい。文字はありません」

「読み書きができないのか？」

「いえ、必要がないのです」

「どういうことだ」

「伝えたいこと、残したいことはすべてを覚えて語り継ぐのです」

「すべてを覚えて」

「はい。子や孫に口伝えする物語の数は百を超えるとか」

「百を超える物語を皆が覚えておるのか」

田村麻呂はうなずいてから胸をそらせた。

「蝦夷が強いのはなぜか」

「馬を乗りこなします」

「蝦夷の馬は大きく、速いと聞いた」

「その馬を意のままに操ります。馬のみならず、犬も鳥も熊までも」

「なんと」

「通じ合うことができるのだと聞きました」

「鳥獣と心を通わせられると?」

「そのようです」

桓武天皇から小さな嘆息が漏れた。

「戦《いくさ》となれば集団で闘います」

「……」

「優秀な酋長《しゅうちょう》が集団を統率し、さまざまな戦術で攻撃してきます」

「……」

「不利となれば山野に隠れ、野草を摘み、兎を狩り何年でも生き延びます」

「もうよい」

「はっ」

ふたりはまた月を見上げた。

「同じ国の中にあって、蔑《さげす》む者と蔑まれる者に分けてはならぬ」

「はっ」

「血が混ざれば薄まる。皆、同じ日本国の民となるのだ。隼人《はやと》も熊襲《くまそ》も、渡来人《とらいじん》までもがそうであったように。能力のある者は登用されこの国のために思う存分働くことができる。蝦夷とて同じこと。いつかは蝦夷という言葉すらなくしてみせる」

田村麻呂は平伏した。

「帝《みかど》の言葉を蝦夷に伝えます」

「うむ。しかし懐柔《かいじゅう》するのは力を見せつけてからのこと」

「心得ております」

最終的に二万人規模となる征夷軍の出立は、延暦一七年（七九八）三月と決まった。

熊送りの翌朝、トウドとヒョウガに高洋粥が話しかけた。

「かわいい犬だな」

三人の視線の先に一匹のマタギ犬がいた。天鷺郷では猟犬《りょうけん》をそう呼んだ。

「かしこくて勇敢です」

トウドは誇らしげに答えた。

「欠けた月の輪を前にして勇ましく吠えたそうだな」

「犬の声で異変に気付くことができました」

「ふたりがハヤオを狂い熊から助けたのか？」

「駆けつけた時には欠けた月の輪は死んでおりました」

「われらは丸太に結わえ、ここまで担いできただけ」

「渡島にこのような犬はいないのか？」

「いません。渡島にはこれほど賢くて勇敢なマタギ犬はおりません」

高洋粥は周囲を見渡してからふたりの目を見つめた。

「調教の仕方を見せてくれないか」

「喜んで」

集落の南に天鷺山《あまさぎやま》（標高一七〇メートル）がある。三人は肩を並べて登った。少し前でマタギ犬が先導する。

「名前は？」

「ツララ」

「犬にまで冬族の名を？」

「酋長との約束ですので」

「ハヤオの双子が冬族の名前を名乗るまではわからぬでもないが」

「冬族にとっては犬も家族」

高洋粥はあきれたように笑った。

「もう見届け役は終わったのだから渡島に帰るのだろう？」

「たしかにコユキ様が無事に天鷺郷にたどりつき、産んだ子に冬族の名前を付けるまでを見届けるのが酋長から与えられたお役目でした」

「しかし、最後に酋長はこう言われました。見届け役を終えたあと渡島に帰るか天鷺郷に残るかは自分で決めてよいと」

「それでは見届けた結果を酋長に知らせぬと言うことか」

「いえ、もう知らせてあります」

「どうやって」

「渡島から連れてきた鳩を飛ばしました。両足に輪をはめて。両足なら無事につき、子を産み冬族の名を付けたという意味です。左足だけの時、右足だけの時、両足ともはめない時、それぞれに意味を決めておりました。そうしてこれまでに三羽の鳩を十勝に帰しました。残る鳩は一羽となりました」

「渡島への知らせに鳩を使うとはたいしたものだな」

三人は天鷺山の頂に到着した。山頂は平坦な広場で樹木が刈られて見晴らしがよかった。見おろせば天鷺郷が東西に横たわり、東を出羽山地、西を日本海が守っている。南に鳥海山がそびえたち、北に遠く男鹿島《おがしま》（男鹿半島）までもが見渡せた。

「人がいてはできない話でしたか？」

トウドが切り株に腰をおろして高洋粥を見上げた。高洋粥とヒョウガもそばの切り株に腰をおろした。ツララはトウドの脇でおとなしく伏せている。

「秋田城や由利柵《ゆりのさく》に内通する者がいないとも限らぬからな」

「どうしたのです？」

「都から二万の軍勢が蝦夷征伐に攻め寄せてくる」

「二万もの軍勢が？」

ヒョウガは言葉を失い、トウドは高洋粥の目の奥を覗きこんだ。

「あなたのお考えは？」

「私はよそ者。私の考えなど語っても仕方のないこと」

「語ってくだされ」

ヒョウガは高洋粥の口元を見つめた。

「渡島まで逃げる。天鷺郷のひとり残らず。誰ひとり殺されずにすむ」

「年寄りや子供には無理だ。あまりに長く険しい道程だ」

「歩けないものは船に乗せればいい。飛島海賊を金で雇う」

「お爺やお婆が住みなれた土地を捨てられるものか」

「ここに残れば殺される。生き残っても南国や西国に行かされるのだ」

「生きてこの天鷺郷には残れないということか」

秋田城は天平五年（七三三）に雄物川の北、高清水《たかしみず》の丘に築城された。中央政府の蝦夷に対する最前線であって最北の城柵《じょうさく》である。

秋田城内の一室で大野西人の前に巨人が平伏した。常人の二倍の身体は筋骨の鎧《よろい》に包まれている。髪は剛毛で顔中がヒゲに覆われ、目が大きく黒目がさらに大きい。

「恩荷《オンガ》、ひさしぶりだな。達者にしておったか」

上座の小男が機嫌を取るような声を出した。

「しばらくご不在だったとか」

「羽前の酒田まで行ってきた」

「羽前とは」

「鳥海山より南が羽前。北は羽後」

「ほう。それではここは羽後」

「そうだ。出羽国《でわのくに》の国司・藤原牛麻呂《ふじわらのうしまろ》様に会ってきた」

「誰です」

「出羽国の国司だ」

「出羽国とは」

「いちいち話が先に進まぬな。羽前と羽後を合わせて出羽国と言うのだ。責任者が国司。本来なら国司は国府であるこの秋田城におるべきだが蝦夷を恐れて酒田に戻られたままだ。私は藤原牛麻呂様の部下だ。呼び付けられたらどこへでも行くしかない」

「その牛が何か」

大野西人は背筋を伸ばしてからあごをひいた。

「都から蝦夷征伐のために二万の軍勢がくる」

恩荷が目を見開いた。

「どこの蝦夷を征伐するのだ」

「子吉川から北のすべての蝦夷だ」

「すでに服従して貢物を届けている。征伐しなければならぬ蝦夷などない」

「帝は蝦夷がこれまでの土地にこれまで通り集団で暮らすことを許さない」

「どこに行けと」

「まずは京。都の建設に人手がいる。都が完成したら近くて越後、遠ければ九州。いずれにしても蝦夷は散り散りになる。移り住んだ国でその国のものと夫婦になり子を産む。それをくりかえせば血は薄まり顔形に違いはなくなる。いずれは誰が蝦夷だったかもわからなくなり、やがて蝦夷はいなくなる」

「蝦夷がそんなことを呑《の》めるはずがない」

「呑めなければどうする」

「闘う者もいるだろう」

大野西人は小さな体を大きく見せるようにまた背筋を伸ばした。

「そういうことになるから二万の軍勢がくるのだ」

「俺にどうしろと言うのだ」

「雄物川の南に攻め入ってもらいたい」

「天鷺郷のハヤオを討てと?」

「北と南からはさみ討ちにするのだ」

「わずか二千の部族をはさみ討ちに」

「討ちたくなければ帝の命令に従うように説得しろ。成功したら男鹿島には手出しさせぬ」

恩荷は目をつぶったまま動かない。大野西人は恐いものを見るように息を止めた。

「わからぬ」

目をあけた恩荷は大野西人をにらみつける。

「何がだ」

「帝はなぜわれらを征伐するのだ」

大野西人は周囲に人がいないことを確認してから背を丸めて声をひそめた。

「帝（桓武天皇）の母君は実は渡来人の血筋らしい。軍勢をひきいる将軍・坂上田村麻呂の父も渡来人の血筋。都ではふたりとも卑《いや》しい身分の出身と陰口を叩かれているそうだ。だから帝は都を奈良から長岡に移し、さらに平安に移した。何万人にも労役を課して新たな都をつくることで己の力を誇示し、陰口を叩く者たちを黙らせてきた。しかしその平安京遷都にも苦役にあえぐ人々の不満が高まり、帝をあからさまに罵《ののし》る者まで出てくる始末。帝は人心掌握のために歴代の天皇がなしえなかった蝦夷征伐を成功させようと考えた。帝は己の立場を確固たるものにしたい。そのようにお考えなのだと藤原牛麻呂様は言っていた」

恩荷の肩がふるえている。

「そんなことのために」

立ち上がろうとする恩荷に大野西人が声を荒らげた。

「協力せねば男鹿島の蝦夷も討伐する。酋長としてそれで良いのか？」

恩荷は立ち上がり大野西人に背を向けた。

「よくよく考えろ。……良い返事を待っておるぞ！」

衣川《ころもがわ》は天鷺郷を東西に貫いている。周囲の山々から集まった雨水がより合わさり、日本海に吸いこまれてゆく。

ハヤオは川沿いの杉をナタで倒し、数本の丸太をツルで縛り筏《いかだ》を組んだ。衣川に筏を浮かべ青竹の竿で西に向かう。熊送りの翌朝、人々がまだ寝ている頃だった。筏は静かに流れくだった。いくつかの早瀬や淵の上を滑ってほどなく河口に着いた。目の前に日本海が広がっている。

筏の進行方向に大船が一艘停泊していた。大船の下にたどりつくと甲板から誰何《すいか》する者がある。名乗ると縄梯子《なわばしご》がおろされた。

「お待ちしておりました」

甲板《かんぱん》に上がったハヤオに青年が声をかけた。うしろに一〇人ほどの手下が身構えている。

「天鷺郷のハヤオです」

片ひざをついて頭を下げた。アイヌの作法である。

「飛島海賊の白竜です」

右手を差し出し、その手を握ったハヤオを立ち上がらせた。高洋粥が言っていた通り同じ年頃に見える。黒光りする総髪が椿油か何かでうしろになでつけられている。ヒゲはなく海賊とは思えない色白な顔。目鼻立ちの美しさで頭領に選ばれたのかと思うほど周囲と異なる容貌をしていた。衣服は高洋粥のものに近いが、袖《そで》や裾《すそ》を細く巻いているあたりに海賊の特徴が出ていた。

「あの異国人の言った通り、あなたはきました」

白竜は笑顔を見せて船室に案内した。手下たちは囲みを解いて持ち場に戻った。

ハヤオは目をまっすぐに見つめて切り出した。

「大事な決断をしなければならない。詳しい話を聞きたかった」

「あの異国人は何と言いましたか?」

「都から二万の軍勢が蝦夷征伐にくる。ひきいる将軍は坂上田村麻呂。まもなく都を出立し、雪が降る前に蝦夷征伐を終えるつもりだと」

「その通りです。二万の軍勢のうち歩兵が一万八千、残り二千は騎馬兵」

「騎馬兵が二千も」

「中央政府はこれまでの闘いで蝦夷の騎馬兵の強さを思い知らされた。ひとりの騎馬兵は歩兵三〇人分の働きをすると学んだのだ」

ハヤオは船室に貼られた地図に視線を向けた。

「二万の軍勢がどこをどのようにしてここまでくるのかを知りたい」

「都を出立するときの軍勢は一万。軍勢は日本海側を北上する。越中、越後で兵と兵糧を増やしながら羽前・酒田の城輪柵《きのわのさく》に入る。二万人を収容できる城柵などないから武将以外の兵士は野営するほかない。そのため酒田では薪《まき》を集めたり、小屋を建てたり、井戸を掘ったりと受け入れ準備が始まっている。二万にふくれあがった軍勢の体制が整えば鳥海山のふもとを羽後に入り、子吉川の南、由利柵に陣を敷く。おそらく降伏を促《うなが》すため、数日を由利柵で費やすでしょう。それから先どうなるかはあなた次第」

八郎潟の東に房住山《ぼうじゅうざん》（標高四〇九メートル）がある。房住山を根城に山賊と化した蝦夷がいた。ひきいる三兄弟は皆、顔の長さが身体の半分もあると噂され、長面《ながつら》三兄弟と恐れられていた。長男の名はアッケトで、次男をアッケル、三男をアッケシと言った。

長面三兄弟は渡島や津軽の蝦夷が秋田城に届ける貢物の隊列を襲った。貢物は米などの穀物にくわえ、熊の毛皮、鹿の角、美しい鳥の羽織、そして砂金などだ。また長面三兄弟は秋田城兵士の巡視の隊列も襲った。馬や刀剣、弓具を奪うのが目的だった。

房住山の頂上からは周囲が一望できる。西には広大な八郎潟があり、その先に寒風山《かんぷうざん》、その奥に男鹿島が見える。八郎潟を一艘の舟がまっすぐ漕ぎ進んでくると知らせが届いた。

手下に囲まれて姿を現したのは恩荷だった。身体半分も背が高く、肩幅もふたり分あった。

長面三兄弟は囲みを解かせ、三兄弟の部屋に招き入れた。

「お互い相手の郷には手出ししない約束だったが」

アッケトの言葉に恩荷もうなずいた。

「その通りだ。男鹿島の蝦夷は房住山の蝦夷に手出ししない」

「それなら何をしにきたのだ！」

アッケルが威圧的な態度をとった。

「都から二万の軍勢が蝦夷を殺しにくる」

「二万だと……嘘を言うな」

アッケシの声が裏返っている。

「嘘ではない。二万の軍勢がわれらを殺しにやってくるのだ」

アッケトは恩荷の目の奥を探った。

「なぜ、それを教えにきた」

「わからない」

ふいに口をついた答えに恩荷自身も驚いている。

「俘囚《ふしゅう》と呼ばれていることを知っているか」

小さくあごをひいた。

「役人に協力するアイヌの裏切り者のことだ。恩荷、お前こそが俘囚だ。役人の手先となってわれらの様子を探りにきたのだろう。あわよくば毒でも盛ってわれらを殺し、褒美をもらう算段か」

アッケルとアッケシが立ち上がり刀を抜いた。

「自分が殺されるかも知れぬのにわざわざそんな危ないことをするはずがない。それにいずれ二万の軍勢がくるのだ」

目で促され刀を鞘に戻して座り直した。

「逃げるようにすすめにきたのか?」

「そうかも知れぬ」

「それとともに闘おうと言いにきたのか?」

「わからぬ」

「まさか秋田城介に味方せよと?」

「俺はそう言われた。雄物川の南に攻めこめと。都からくる二万の軍勢とはさみ討ちにするのだ。それが嫌なら天鷺郷の者に帝の命令に従うように説得しろと」

「それで[illegible]らにも説得にきたのか。恩荷、お前はアイヌが和人にされたことを忘れたのか。女は犯され、子供は連れ去られて奴隷にされた。お爺の足は草木のように刈られ、お婆の指は小枝のように切り落とされた。恐れて従ったアイヌはだまされ土地を奪われた。戦を挑んだ部族は数千の軍勢にひとり残らず皆殺しにされたのだ。それでもお前は和人に従えと言うのか! 恩荷、それでもお前はアイヌか!」

「俺はどうすべきかわからぬのだ。……わからぬ。わからぬ。わからぬ」

恩荷は丸太のような太ももを岩の拳《こぶし》で叩き続ける。長面三兄弟はそれを無言のまま眺めていた。

二、一〇年目の別れ

四七歳の菅野真道《すがののまみち》は桓武天皇の隣で軍勢を見送った。正四位下の身分で帝の脇に立てるのは当代随一の賢者であるというだけでなく、帝と同じ渡来人の子孫であるからだろうと噂されている。

「将軍には、しかとお伝えいたしました」

小さくなってゆく田村麻呂の背中を目で追いながら帝の耳にささやいた。

「将軍はなんと」

眼下を歩兵の隊列が流れてゆく。間隔をおいて騎馬兵がゆく。桓武天皇は宮殿の二階から軍勢の流れに笑みを与え、右手を揺らしている。

「斬らずに従わせたいと」

「そんな生温いことができようか」

「私からも同じことを……」

隊列の最後尾が通りすぎるまで絶やさなかった笑みを消して、ふり返った。

「ふたつの事業は実は一組なのだと言ったのはお前だぞ！」

剣幕に周囲から人が消えた。

「その通りでございます。平安京造都と蝦夷征伐は目的と手段の関係であり、その逆もまた成立する決して切り離せない一組の事業であります」

背中に汗が伝う。

「造都には多額の税収と大量の労働力がいる。だから蝦夷征伐なのだと！」

「申しました。その考えは決して揺るぎません」

「ならば」

「将軍は、蝦夷を部族ごと都に移住させるには酋長の存在が欠かせないと」

「その先を話した上でもか」

「はい。蝦夷の労役により造都が完成次第、西国と南国に散り散りにすると話しました」

「酋長がおれば部族をまとめて都で乱を起こす」

「それを未然に防ぐため酋長など頭となりうるものは斬らねばなりません」

「散った先の西国や南国で反乱を起こさせぬためにもだ」

小さな嘆息を漏らし、宮殿の廊下を足早に歩き始めた。

「将軍は何度も戦に出て蝦夷を知り過ぎたのだ」

「時にはかばうような言動も」

「温情が通じる者たちではあるまい」

腰をかがめて背中を追った。

「柵戸《さくこ》はどうなっておる」

「蝦夷から奪った土地に移住する者たちの手配はすでに終えております」

「間違うな。奪うのではない。この国は朕《ちん》のもの。取り返すのだ」

「失礼いたしました」

極彩色《ごくさいしき》の玉座《ぎょくざ》に腰をおろした桓武天皇の前に菅野真道はひざまずいた。

「平安京を完成させ、朕の威光を国の内外に示さねばならぬ」

「その暁にはこの国のすべての人民がひれ伏し、諸外国は最大の敬意を払うことでありましょう」

「朕の代でやり遂げねばならぬ。猶予はないぞ」

「帝の意を解する者を副将軍に据えております。将軍が斬らぬ場合はその者が酋長どもを斬る手筈。ご安心を」


ミゾレとアラレは六歳になる双子の姉妹だ。

集落の広場の入口に姿を見つけると双子は駆けだした。

「父さま、朝からどこに行ってたの？」

ミゾレが右腕にぶら下がった。

「小熊を探しに山に行ってたのよね？」

左腕にぶらさがったアラレが決めつけた。

「いいや。海に行ってきたんだ」

ハヤオは両肩に娘たちを抱え上げた。

「わぁーい。父さまよりも背が高い」

「遠くまで見える」

「あっ、ツララが戻ってきた」

マタギ犬のツララが駆け寄ってきた。そのうしろを三人の男たちが歩いてくる。

「ツララと遊んであげるかい？」

双子は返事をする代わりに、おろしてくれろとせがんだ。

「遠くにゆくんじゃないぞ」

同時に右手を上げ、ツララとともに広場の外に姿を消した。

春の陽が高く昇っている。山菜採りに出ていた女たちが背負い袋を重そうにして戻ってきた。衣川にイワナを突きに行っていた男たちも大きな竹篭を担いで戻ってきた。田畑を耕す者、水路をつくる者、麻を織る者、衣服を縫う者、獣の毛皮から靴や胴着をつくる者、弓矢や槍刀をつくる者、牛馬を育てる者。集落の大人たちは皆、仕事を持ち、仕事によって得られた食料や衣服や道具をお互いに分けあった。天鷺郷の人々は何百年もこうして暮らしてきたのだ。四人は館に入った。

「話は聞きました」

トウドは周囲に人がいないのを確認して顔を向けた。

「白竜に会ってきたのだな？」

高洋粥が正面に座った。

「ハヤオ様のお考えは？」

ヒョウガが身を乗り出した。

「降伏する」

さらりと言った。

「闘わずに降伏すると言うのか？」

高洋粥が驚きの声をあげた。

「その通りだ」

「帝の命令に従うと？」

「そうだ」

「天鷺郷を出て都に行くのか？」

「あぁ」

「都が完成したら家族さえも散り散りにされてしまうのだぞ！」

「皆殺しにされるよりましではないか」

「渡島に逃げればいい。ひとり残らず渡島に」

「多くの部族が渡島に逃げるだろう。そうなればとても舟が足りない。冬になれば海に出ることもできない。津軽海峡を前に何万人ものアイヌが足止めを喰らう。そこを襲われたら結局全滅だ。西国や南国に散り散りになっても生きたほうがいい」

トウドが首をふった。

「お爺やお婆はここに残ると言うでしょう」

「ここを離れるくらいなら、闘って死ぬと言うはずです」

ヒョウガも続いた。

ハヤオは広場に目をやった。日なたでお爺とお婆が背を丸めている。

「相手は二万。こちらは女子供、年寄りをくわえても二千。戦にならん」

高洋粥が顔色を変えた。

「やってみなければわからぬではないか！」

「戦はしない。逃げもしない。降伏して都に移り住むと決めたのだ」

「われらに相談もなしにか？」

「天鷺郷では代々酋長が方針を決める。今の酋長は俺だ。従ってもらう」

「従えぬなら出て行けと？」

「お前たちはもともと天鷺郷のものではないから従う必要はない」

トウドとヒョウガはともに立ち上がった。

「ハヤオ様はそんなふうに見ていたのか」

「郷は違えど同じアイヌと思っていた。仲間と信じてきた」

高洋粥も立ち上がって見おろした。

「見損なったぞ。ハヤオ。私は出て行くぞ」

「元気でな。無事に帰国するのだぞ」

笑い声が高洋粥の背中を追いかけた。

「よろしいのですか。本当に行ってしまいますよ！」

「お前たちも一緒に行くがよい。高洋粥は沖に停泊している飛島海賊の船に乗るだろう。北上して津軽海峡を越え、渡島の西をさらに北に向かうのだ。樺太で海は狭くなり、西に異国の陸地が見えてくる。そのあたりの港で異国の船に乗り替える。飛島海賊も異国まで送るつもりはないらしい。乗り替えた異国船は沿岸を南下する。真冬でも凍らない川の河口を目指して南下するそうだ。やがてその河口に到着する。そこが渤海国、高洋粥の故郷だ。お前たちも船に乗って渡島に帰れ。頭領の白竜に話をつけてある」

「われらが渡島に帰るものと決めつけているのか！」

「馬鹿にするな！」

トウドとヒョウガは床板を鳴らして出ていった。

（ちょうど一〇年……よい節目だろう）

一〇年前、ハヤオはココユキを伴って天鷺郷に戻った。人々は若き酋長の美しい妻を歓迎した。婚礼の祝宴の場に見なれぬふたりの若者が現れた時、ココユキが叫んだ。トウドとヒョウガだった。ふたりは冬族の酋長から言い渡された役目を果たすためにきたのだと言った。ハヤオはふたりを祝宴の輪に招き入れた。

天鷺郷では婚礼の祝宴を三日三晩おこなう習わしだ。三日目の夜、祝宴の場に異国人がひき出された。外から覗きこんでいたところを捕らえたのだった。その男は異国人とは思えぬ流《りゅう》暢《ちょう》な大和言葉《やまとことば》を話した。

男は渤海使・高洋粥と名乗った。高洋粥など渤海国の使節団三〇人は北まわりで秋田湊に船を着け、それまでの使節団と同じように高清水の丘の秋田城に登城した。秋田城介は中央政府に渤海使到着の手紙を書いた。しかし中央政府は身分の低い使節団であることを理由に天皇謁《えっ》見《けん》を拒否し、都に入ることも許さなかった。やむなく使節団は帰国の途に就いた。出航直後、高洋粥は海に飛びこんだ。浜に泳ぎつき、衣川沿いに上流に向かって歩き、天鷺郷にたどりついたのだった。

越中と越後の国境・糸魚川《いといがわ》を前に坂上田村麻呂ひきいる軍勢は野営三日目の夜を迎えていた。野営であるため将軍用とはいえ宿舎は掘っ立て小屋である。田村麻呂の小屋に声をかける者があった。

「大伴押科《おおとものおしか》です。少しよろしいでしょうか」

「おぉ、副将軍か。遠慮は要らぬ。さぁ入ってくれ」

明るい声に筵戸《むしろど》をあけて入ると机に向かって手紙を書いていた。

「これはお忙しいところに」

帰ろうとするのを左手で制した。

「終わったところだ。酒でも飲もう。ゆっくりしてゆけ」

筆を置いて向き直った。

「いえ、酒は飲みません。それにゆっくりもいたしません」

「どうした。何か急がねばならぬ理由でもあるのか?」

あきれたような顔をしてから正面に座った。

「渡河《とか》は明朝でございましょうか？」

「いいや。もうしばらく先だ」

「なぜ先延ばしにされるのですか？」

「なぜだと……副将軍は思われるか」

笑顔が馬鹿にしているように見えた。

「蝦夷を恐れて戦場に近づこうとしない」

思い切った物言いにひざを叩いて喜んだ。

「いかにも蝦夷は恐ろしく強い。急襲すれば決死の戦を挑んでくる」

「急ぐべきです。時間を与えれば力を蓄えるだけ」

「蝦夷は愚かではない。勝ち目がないと知れば降伏することもある」

「二万の軍勢をひきいて闘わないのですか」

「闘わずして降伏させられたら最良ではないか」

田村麻呂は机の上の手紙を広げて見せた。

「秋田城介に宛てた手紙だ。羽後の蝦夷征伐は六月。それまで二ヶ月の猶予を与える。降伏する蝦夷はひとりも斬らない。部族ごと降伏すれば酋長など主だったものも斬らない。降伏したものは都の建設に従事してもらう。都では部族ごとの暮らしを請け合う。しかし、降伏せず闘うのであれば皆殺しに遭うものと心得よ……そのように書いてある」

首を横にふって異を唱えた。

「帝の御心に背きます」

「はて」

「酋長や主だったものを斬らねば必ず都で反乱を起こします」

「手紙に斬ると書けばどうなる。全滅を恐れずに歯向かってくるのだぞ」

「だますのですか。斬らぬと言って都に連れて行き、都で斬るのですか」

「いつ斬るか、はたまた斬らぬか……あらかじめ決めることもあるまい」

田村麻呂は大伴押科の顔をまじまじと見た。

「面構えは武将の血筋と見えるが」

「いえ、当家は公家の端くれです」

「たしかにそのように聞いているが……意外だった」

大伴押科は憮然《ぶぜん》とした顔つきで立ち上がり、莚戸の外へ出ていった。

鼻戸崎《はなとざき》の先端に立ち、高洋粥は両手を広げた。

「白竜の言った通りだ。ここから見える鳥海山の形はまったく違うのだな」

鼻戸崎は飛島の東端にあり、本州に最も近い。先端に立てば鳥海山が手の届くような近さに見える。

天鷺郷から眺めた鳥海山は山頂部が小さく左右に割れ、山裾は均整のとれたゆるやかな傾斜の美しい単独峰だ。しかし飛島から見える鳥海山は内陸側の山頂のほかに、海側に低い山頂を持つ、ふたつの連山のようだった。

「そうでしょう」

白竜が笑った。

「場所が変わると見え方が変わる」

「ええ。海から陸を眺めれば、まったく違う想いに至るものです」

「この海は渡島とも、樺太とも、渤海国や高麗《こうらい》国や唐とも繋がっている。どこにでも逃げられる。天鷺郷の者はそれを知らない」

高洋粥は悔しそうに吐き出した。

「私たちが教えてあげましょう」

「白竜、ハヤオに手紙を届けてくれるか」

「ハヤオは文字を読めるのですか？」

「あぁ。この俺が、一〇年間毎日、和人の言葉の読み書きを教えたからな」

「わかりました。あなたの手紙を届けましょう」

白竜が先に立って鴨の浜の館に向かう。その背中を高洋粥が追いかけた。


平安京の宮殿、極彩色の玉座で桓武天皇は声を荒らげた。

菅野真道が片ひざ立ちで手を胸の前に組み、頭を下げる。

「都を出立して、ひと月半。四月もなかばというに軍勢はどこにいると？」

「昨日、早馬で届いた副将軍からの手紙によれば糸魚川を越えたばかりと」

「なにをぐずぐずしておる」

「再三、進軍速度を速めるように進言しても将軍が取り合わぬとのことで、食料や燃料が無駄に費やされるばかりとなげいております」

「ただただ時間を浪費していると？」

「いえ、軍勢の中には初めて槍刀を持つ者、馬に乗りなれぬ者、寒さに弱い者が混ざっております。急ごしらえの軍勢を鍛錬している様子にございます」

桓武天皇は目を閉じて、静かに問うた。

「時間をかけるのには鍛錬のほかに狙いがあるのではないか?」

「はっ。副将軍の手紙にもそのことが書かれておりました」

「なんと書いてあった」

「ゆるゆると進むは蝦夷に降伏を促すためであると」

「やはりな」

「手紙を早馬で秋田城介に届けたとあります」

「ふむ」

「降伏する者は酋長であっても斬らぬと書いたようです」

「そこまで書いたか」

「はい」

「それで蝦夷たちは」

「どのような回答になったかがわかるのは、ひと月も先と思われます」

「五月になればわかるのだな」

菅野真道は頭を下げて玉座の前から去った。

「おかえりなさい。食事の支度ができていますよ」

館で白竜と高洋粥を出迎えたのはトウドとヒョウガだった。

あの日、ハヤオと言い争った三人は沖に停泊していた飛島海賊の船に乗った。北に向かおうとする白竜に三人は飛島に行こうと言った。

飛島は鳥海山の西、沖合約八里（三二キロ）に浮かんでいる。北風を捕まえてわずか半刻（一時間）で到着し、西まわりに島の周囲を一周した。本州と反対側からまわるのは、万が一、本州から攻めこんできた敵が上陸していた場合、後続部隊にはさみ討ちされないためだ。

海賊船は飛島最北端の八幡崎の沖をかすめる。甲板員が用心深く島内を観察する。八幡崎の隣は袖の浜。美しい夕陽が見える砂浜だと白竜が教えてくれた。

袖の浜の隣に大きな入り江が見えた。そこに停泊するのかと思ったがそうはならなかった。年中、強い西風で高波が立つ上、本州側を監視できないからだ。最西端の荒崎を過ぎてオバフトコロ浜、ゴトロ浜、筆の浜。最南端の舘岩を過ぎるとそれまで吹いていた強風がぴたりとやみ、海面は鏡のように静まった。

飛島の東側は入り江も多く、本州側の監視もしやすい。何よりも強い西風が吹きつけない。船を停泊させるには最適な場所だった。

入り江に異常はなかった。船は北上して飛島最東端・鼻戸崎の手前の入り江に錨をおろした。白竜は三人を鴨の浜の館に案内した。

『大きな館だ』

『このような館はこれまで見たことがない』

トウドとヒョウガが驚きの声をあげた。

『赤屋根は唐の瓦。先端がそりあがる軒先は高麗国。白壁は琉球《りゅうきゅう》の珊瑚《さんご》の粉を塗ったのだろう。砦のような囲いは渤海国の煉瓦《れんが》に似ている』

高洋粥が言い当てるのを白竜が手を打って喜んだ。

日課にしていた島内散策から戻った高洋粥と白竜の前に膳が並べられた。

白米と汁がそれぞれの椀に盛られ、焼き魚と猪肉が載った大皿には山菜が添えられていた。

「すっかりこの味に惚れたようだな」

汁を飲んだ高洋粥が笑みを見せた。

「ええ。アゴ出汁《だし》です。トビウオがこれほどうまいとは知りませんでした」

トウドの弾むような答えに周囲からワッと歓声があがった。

「飛島海賊にくわわれば毎日食べられますよ。どうです？」

白竜の問いに真剣に悩むのを見てまた歓声があがる。

ヒョウガが大皿の山菜を指さした。

「タラの芽です。やはり南にある飛島は天鷺郷よりも、少しばかり早く芽吹くようだ。不動滝の氷柱《つらら》は解け落ち、衣川の水も温んだことだろう。天鷺山は新芽に覆われ、出羽山地に熊の親子が姿を現す。鹿や猪、兎や栗鼠《りす》が里まで遊びにくる」

トウドが続ける。

「子供たちは大人のあとをついて歩き、狩りや山菜摘みを覚える。すべてはカムイからの恵み。命をいただき、魂を天に還す。そうして子供たちはアイヌの教えを受け継いでゆく。集落の広場に戻れば竹馬や縄跳びで遊ぶ。ミゾレとアラレはマタギ犬のツララと遊ぶのが何よりも好きだ。それをコユキ様が優しく見守っている」

「わずか二〇日で戻りたくなったのか？」

高洋粥がからかった。

「今ごろ、ハヤオ様はどうしているだろう」

ヒョウガがつぶやくと誰も口を開かなかった。


高洋粥・トウド・ヒョウガの三人が天鷺郷から姿を消して二〇日あまりが過ぎたころ、ハヤオの館に巨人が訪れた。恩荷だった。供の者も連れず、腰に手土産のルイベ（凍った鮭の刺身）をぶら下げていた。

ココユキが気づいて館の中に招き入れた。

「おひさしぶりですオンガ様」

恩荷を座らせ、奥にハヤオを呼びに走った。声が弾んでいる。

「おぉ。これはオンガ様、おひさしぶりでございます」

小走りで駆けてきたハヤオは片ひざ立ちで頭を下げた。

「何年ぶりか」

「二〇年です」

「そんなに」

「八郎潟を南下するのにオンガ様が舟を貸してくださり、本当に助かりました。結婚の祝宴のひと月後に男鹿島までお礼に伺って以来。こちらから顔を出すべきところを申し訳ございません」

両拳を床板につけて頭を下げた。

「いやいや。謝るようなことではない。……そうか、あれから一〇年か」

恩荷は懐かしそうにハヤオとコユキを眺めた。すると奥から子供たちの声がした。

「本当だ。鬼だ」

「父さまと母さまは鬼と友達か」

ミゾレとアラレがハヤオとコユキの背中に隠れた。

「これ」

コユキが申し訳なさそうに頭を下げた。

「おや、かわいいメノコ（女の子）たちだこと」

顔中を柔らかくした。

「笑った」

「鬼が笑った」

恐る恐る近づいてゆく。恩荷は自分の両ひざを叩いてみせた。

「大っきいなぁ」

右ひざに座ったミゾレが顔を見上げた。

「熊よりも大っきい」

左ひざから飛びおりたアラレはまわりを駆ける。ミゾレがそれに続く。恩荷は首をまわして双子を目で追いかけた。

「目がまわる。目がまわる」

「鬼退治だ。鬼退治だ」

ひとしきり遊んだ双子が背中で足を止めた。

「この模様はなぁに？」

恩荷は麻の長袖に鹿革の胴着（ベスト）を着ていた。双子は胴着の背中の模様を指でなぞっている。恩荷は悲しげな目付きでハヤオを見た。

「和人の文字というものだ。恩荷と書いている」

鹿革の胴着を脱いで前に置いた。

「ほう。これでオンガと？」

「そうらしい。秋田城介・大野西人がこれをくれた時に焼印を入れた。和人の文字で名前を焼印するのが俘囚であることの証なのだ」

「ふしゅう?」

ココユキが双子たちを広場に送り出してから問いかけた。

「和人の役人に協力するアイヌを俘囚と言うのだ」

自嘲して小声で笑った。

「その俘囚である恩荷が秋田城介の使いできた」

鹿革の胴着にふたたび腕を通してハヤオを見つめた。

「どのようなお話でしょう」

静かに笑みを浮かべている。

恩荷は上着の腰帯から手紙を取り出した。表に天鷺速男と書いていた。

「秋田城介・大野西人が書いた手紙だ。文字を持たないアイヌには無用のものだが、……これはアマサギハヤオと読むそうだ。一番上の文字がアマ、次がサギ、三つ目がハヤ、四つ目がオ。四文字でアマサギハヤオだそうだ」

「私は天鷺速男。するとオンガ様は男鹿島恩荷《オガシマオンガ》ですか」

「そうだ」

恩荷はため息で答えた。

「手紙には何と書いてあるのです？」

「文字を読める者は？」

「この集落にはおりません」

「大和言葉を話す異国人がいると聞いたが」

「二〇日ほど前に帰国しました」

「そうか。渡島からきた若者たちは元気か？」

「そのふたりも渡島に戻りました」

「そうだったか」

「えぇ。あれから一〇年。よい節目と思い、それぞれ旅立ちました」

恩荷はうなずいてから瞳をハヤオに向けた。

「では、覚えてきたことをそのまま口伝えする」

「お願いします」

ハヤオとコユキが一緒に頭を下げた。

「ひと月半後の六月に、蝦夷征伐のため二万の軍勢が子吉川を越えて天鷺郷にくる。部族まとめて降伏するのであればひとりも斬らぬ。酋長はじめ主だった者たちも斬らぬ。降伏した者たちは都の建設のために働くことになる。都で部族がまとまって生活できることを約束する。が、しかし、降伏せず闘うのであれば地の果てまでも追いかけて皆殺しにする。よくよく考えて返答せよ」

言い終わった恩荷はハヤオとコユキの視線から逃れるようにうつむいた。

「降伏します」

さらりと言うのにコユキと恩荷が驚いた。

「二万の軍勢では勝ち目がありません」

「渡島に逃げれば？」

「年寄りや子供の足では無理です。それに他の部族も渡島を目指すでしょう。津軽海峡を越える舟が足りません。足止めを喰らっているところを二万の軍勢に攻めこまれれば皆殺しにされます。都だろうとどこだろうと生き残ればアイヌの血は受け継がれます。天鷺郷は降伏して都に行きます」

ハヤオは晴れやかに笑った。役目を果たした恩荷の顔に笑みはない。

恩荷がハヤオと会っていたころ、秋田城介・大野西人に下級役人が耳打ちした。

「房住山の山賊、長面三兄弟と名乗る者たちがまいっております」

「山賊が何用じゃ」

「これまでに奪った馬や弓矢を返したいと」

「せっかく奪ったものをなぜだ」

「おそらく俘囚になりたいものと」

大野西人はしばらく考えてから、長面三兄弟を正門から秋田城内に入れ、広場に座卓を用意して、酒などでもてなすようにと下級役人に命じた。


「お待たせした」

半刻後、大野西人は姿を現した。

「遅いではないか」

「まあまあ」

酒に酔った兄弟のひとりが責めるのを隣のものが止めた。

「すまなかった」

大野西人は素直に詫びてみせた。

「馬と弓矢はたしかに返却いただいた。礼を申す」

長面三兄弟は胸をそらした。

「して、本日は何用でまいられたのか」

兄弟のひとりが盃《さかづき》を置くと他のふたりも同様にした。

「われら房住山の長面一族はこれまでのことを水に流し俘囚となる」

「ほう。これまでのことを水に流すと」

「そうだ」

「何十人もの城兵を殺し、多くの武具を奪ったことを水に流すと」

「そうだ。その証に馬三頭と弓矢三張を返却しにまいった」

「奪われた馬は五〇頭を超え、弓矢槍刀の武具は蔵一つにもなるが……」

「俘囚として働くのだ。馬も武具も与えたものと考えればよい」

「なるほど」

大野西人は大きくうなずいて三人の盃に酒をついでやった。

「して、俘囚としてどのような働きをなさるおつもりか」

「雄物川の南に攻め入り、天鷺郷のハヤオを討つ」

「どのように」

「先鋒を請け負ってもいい」

うしろにのけぞった。

「本当にござるか」

「いかにも」

「俘囚が城兵の前に立ち、先鋒を務めると？」

感服した面持ちで三人の盃に酒をそそいだ。

「さぁ。飲んでくだされ。じっくりと味わうがよろしい。最後の酒だ」

言い終わると一目散に駆けだした。それを合図に矢が放たれた。ビュンビュンと音を立てて頭上を飛んだ。追いかけようと立ち上がった長面三兄弟に一〇〇本の矢が突き刺さり、三人はその場に崩れ落ちた。

「武勇、知略、顔の長さにいたるまで噂とはまるで違う蝦夷であった」

大野西人は口汚く罵った挙句、こと細かく遺体の処理方法を命じた。

翌朝、秋田城下の川原に三つのさらし首が房住山に向けて並べられた。

ハヤオとコユキは恩荷を海辺まで見送った。もう少し先まで見送ろうと言うのに、恩荷は首を横にふって北の方角をにらみつけた。

「あの森の陰に城兵が隠れている。ハヤオが姿を現したら殺すつもりで待ち構えているのだ。だからもうここで帰ってくれ」

「天鷺郷は降伏してひとり残らず都に移り住みます。秋田城介にお伝えください」

「本当にそれでいいのだな?」

恩荷がハヤオの目を見つめ返す。

「決心したのです。迷いはありません」

「わかった」

恩荷は大股で歩いてゆく。ハヤオとコユキは森の向こうに消えるまで見送った。


集落に戻ると大人たちが駆け寄ってきた。

「ミゾレとアラレに会わなかったか?」

「いいや」

「いないのだ。ふたりとも」

「なんですって！」

ミゾレとアラレの姿が最後に見られたのは広場から出て行くところだった。マタギ犬のツラが一緒だった。ハヤオとコユキのあとを追いかけたのだろうと気に止めなかった。

集落の大人たち全員で捜索を続けたが見つからない。

子供たちが広場に集められた。


「カムイの言葉を訊く」

ハヤオの指示により祭壇を囲む四隅に篝火が灯された。祭壇のまわりに子供たちが座り大人たちが囲んだ。篝火が音を立てて燃えている。

白装束に着替えたハヤオが祭壇に昇る。まっ白な衣服に紫の腰帯が巻かれ、短い剣が差さっていた。赤い鉢巻が肩までの髪をまとめ、両耳の脇から天に向かって美しい鳥の羽が立ち上がっている。天鷺郷の名前の由来になった甘鷺《アマサギ》の青白い大きな羽だ。衣川で、田畑で、畦《あぜ》で魚や虫をついばんでいる。この郷が豊かであることの象徴として人々はこの美しい大きな鳥を愛した。

ハヤオの顔には化粧が施されていた。両目の下からあごまで青い線が縦に二本ずつ書かれている。熊送りの時にはなかった化粧だ。まっ赤な口紅も塗られている。ハヤオは祭壇の上でひざまずき、天に向かって両手を伸ばした。まっ赤な口が動いているが声は聞こえない。立ち上がり腰から剣を抜く。右手の剣を天に向け、左手は地を指さす。剣が東を向き、左手が西を向く。静かな舞が祭壇の上で続けられた。

と、突然、全身の力が抜けたように倒れた。子供たちは小さく驚きの声をあげるが大人たちは何も発しない。ハヤオは倒れたまま動かない。風が広場を抜ける。篝火がゴーと音を立てて火花を飛ばした。「あっ」と小さな声を漏らす子供がいた。手の指先がピクピクと痙攣《けいれん》している。その痙攣は足に伝わり、全身が上下左右に波打った。両目があけられた時、全身の痙攣はやみ、何事もなかったかのように立ち上がった。

ハヤオの赤い口を大人たちが見つめた。

コユキは胸の前で手を組んで祈りを捧げている。

「子供たちは生きている」

ハヤオの声ではなかった。何者かが身体に入りこみ、喉と口を無理やり動かしているようだ。人々はそれをカムイの声と信じている。

「どこにいるのです」

コユキが叫んだ。

「炭焼き小屋の中に閉じこめられている」

「誰がそんなことを」

大人の女の問いにハヤオはあごをひいて祭壇の下の人々を見まわした。

「この中にいる」

人々は互いに顔を左右にふり、そんなはずはないと声を発している。ハヤオは静かに見守っている。

「何を隠している」

ひとりの男が立ち上がった。

「どうした」

ハヤオが視線を向けた。

「二〇日前、高洋粥、トウド、ヒョウガの三人が突然姿を消した。ハヤオは一〇年の節目でそれぞれの故郷に帰ったのだと言ったがそんなことがあるものか。一〇年もの間、家族のように過ごした三人がわれらに挨拶もせずに姿を消すなどありえない。故郷に帰るのであれば別れの宴《うたげ》を催してやりたかった。想い出を語らい、行く末を案じたかった。それなのにハヤオはただ三人が出て行くのに任せた。それだけではない。今日は男鹿島の恩荷が訪ねてきた。恩荷が俘囚であることを知らぬ者はない。和人の手先となって働く俘囚が天鷺郷にきたのはなぜだ。いったい何が起きているのだ。われらに語れぬことか。われらを信用していないから話すつもりもないのか！」

祭壇の下の大人たちがにらみつけている。ハヤオはひざまずき両手を天に伸ばした。

しばらくして立ち上がった。

「カムイにお還りいただいた。今からは天鷺郷の酋長たるハヤオの言葉だ」

さきほどまで叫んでいた男もその場に座った。

皆、口を閉じて見上げている。

「ひと月半後の六月、蝦夷征伐のために都から二万の軍勢がくる」

「おぉ」と声が漏れる。

「二万の軍勢をひきいるのは征夷大将軍・坂上田村麻呂。その田村麻呂からの言葉を伝えに俘囚・恩荷がきたのだ。……降伏して、都に移り住む者は命を助ける。都に移り住み、都をつくるために働くのであれば部族皆で暮らすことを認める。しかし、この天鷺郷を離れない者や歯向かう者、逃げる者はどこまでも追いかけて皆殺しにする」

誰も口を開かない。

「二〇日前、恩荷よりも先に高洋粥がこのことを教えてくれた。高洋粥はトウドとヒョウガにも教えた。三人から方針を問われ、降伏すると伝えた。闘わずに降伏し、ひとり残らず都に移り住むと。しかしこれは天鷺郷のことである。もともと天鷺郷の人間ではない三人が従う必要はない。私はそのように言った。一〇年ともに暮らした者へ、そんなことを言うのかと三人は怒って出て行った。これがすべてだ。皆に話すのが遅くなってしまったことは詫びる」

ハヤオは頭を下げた。

「本当に降伏するのか」

先ほどの男が立ち上がった。

「そうだ」

「この住みなれた天鷺郷を出て行くと」

「ここに残れば皆殺しに遭うのだ」

「都で殺されるかもしれない」

「都は働く者を必要としている。反乱を起こさない限り殺されない」

「お爺、お婆はどうする。都まで歩けるとは思えぬ」

「舟に乗せる。年寄り、子供、足の弱い者は舟に乗せる」

「そんなことができるのか」

「恩荷がかけあってくれることになった」

「舟で渡島まで逃げればよい」

「とても舟が足りない。津軽海峡を目前にして皆殺しに遭う」

「降伏して、皆で都に移り住むしかないのか」

男は肩を落として座りこんだ。

「皆を不安にさせた。口を開かせるために子供を隠したのだな。子供たちは炭焼き小屋で生きているとカムイは教えてくれた。生きているのであれば罪は問わない。われらは心をひとつにしなければならない。これからは皆と多くを語り、皆が迷いなく歩めるようにしていくつもりだ」

ハヤオが祭壇をおりると犬の声が聞こえた。

暖かい南風に背中を押され、二万の軍勢の足取りは軽い。

羽前・酒田の旧出羽国府・城輪柵に到着したのは五月七日のことだった。

出羽国司・藤原牛麻呂が将軍・坂上田村麻呂と副将軍・大伴押科を満面の笑みで出迎え、迎賓館に案内した。

「秋田城介・大野西人から手紙が届きました」

「どうであった」

田村麻呂は鎧兜を脱いで問うた。

「上首尾にございます。子吉川の北、天鷺郷の酋長・天鷺速男は降伏し、部族ごと都に移住すると答えた由にございます」

「おぉ。そうか。してそれより北の蝦夷はどうか」

「雄物川の北、山賊一味の長面三兄弟は秋田城介が討ち滅ぼしました」

「ほう」

「米代川以北の蝦夷もまた降伏するか、俘囚となると誓う部族がほとんどと書いています。これもひとえに将軍の御威光の賜物かと」

鎧兜を脱いだ大伴押科がにらんだ。

「それを言うなら、帝の御威光であろう」

「おっ、これは、さようでございますな」

藤原牛麻呂は小さく頭を下げてから、酒食を出すように命じてまいりますと奥に姿を消した。入れ替わりに軍勢の主だった武将が迎賓館に集まり鎧兜を脱いだ。女たちが酒と膳を大卓に並べる。その女たちの顔を武将たちが盗み見る。

鳥海山を北に越えれば羽後。子吉川の南、由利柵が前線基地となる。そこから北に踏み出せばいつ蝦夷の放つ矢に射られるかわからない。酒を喰らい、女の顔を眺められるのもこの城輪柵が最後だろうと武将の誰もが心得ていた。

したがって宴はこれまでにない盛り上がりをみせた。頃合いを見て、田村麻呂は大伴押科を庭に誘った。兵士の野営の灯りが見える。田村麻呂はふり返って笑みを与えた。

「どうしても戦がしたいか」

腹の中を覗かれたようで大伴押科は奥歯を強く噛んだ。

「太平洋側の蝦夷の抵抗はすさまじかったと聞きました」

「いかにも」

「それなのに日本海側の蝦夷は降伏し都に移住する。もしくは俘囚になると言う。にわかには信じられません」

「ふむ」

「降伏や俘囚の誓いはわれらを油断させるための嘘です」

「ほう」

「私が蝦夷の酋長なら先祖伝来の土地を簡単には手放しません」

「どうするのだ」

「城兵が寝静まったところを襲い城柵に火をかける。二万の城兵が打って出れば山に逃げ、冬を待つ。凍《こご》えた軍勢を少しずつ罠にかけ殺してゆく。時を稼ぎ、他の部族としめしあわせて本陣を衝く」

「まるでそのような戦をしてきた口ぶりだな」

「これまで血筋について嘘を言っておりました。申し訳ございません。私は道嶋嶋足《みちしまのしまたり》の息子です」

「おぉ。そうであったか」

田村麻呂は長年の謎が解けたというように手を打った。

「私の父は蝦夷であり、蝦夷から武人、そして貴族に取り立てられた者です。父は蝦夷でありながら蝦夷征伐の先頭に立ちました。官位を得て富を蓄えましたが、生涯、同族の蝦夷を討ったことを後悔しておりました」

「そうか。……押科とは牡鹿《おしか》半島のことだな」

「はい。父は自分の生まれた土地の名を私に付けました。そして武人にはなるなと公家の端くれの大伴家に養子に出したのです。一歳の時だそうです。私は何も知らずに公家の子として育ちました。しかし身体に流れる血とは恐ろしいものです。年齢を重ねるにしたがって蝦夷の顔付きになり、体中に剛毛が這うようになりました。子供の頃は蹴鞠《けまり》も和歌もやりましたが、心が躍るのは野山を駆け、兎や栗鼠を追い、弓矢で雀を射たり、竹槍で魚を突く時でした。長じて両親から養子であることを告げられ、蝦夷の子であると知りました。私は願い出て武人の道に進みました。蝦夷征伐のために」

「父親と同じ道を志したのか」

「父の苦悩をこの身で感じたい。蝦夷を裏切り、蝦夷を殺して出世した一族の宿命として、私はこの蝦夷征伐をやり遂げねばならぬのです」

三、燃える城柵

飛島・鴨の浜。

白竜は館の一室に高洋粥、トウド、ヒョウガを招きいれた。

飛島にきて何十日が過ぎたろう。

「城輪柵と秋田城の偵察に出ていた者たちが戻ってまいりました」

三人は驚いた。

「いつの間に」

「なぜ」

「して、どうだったのだ」

白竜は静かな笑みをたたえている。

「天鷲郷は降伏し部族ごと都に移り住むと、城輪柵では最下級の兵士までもが知っています。

兵士の中には帰り支度を始める者まで出る始末。武将は士気が下がるのを恐れ、厳しい鍛錬を課しますが兵士たちは気もそぞろ。これは城輪柵だけでなく秋田城でも同様らしい。なぜなら雄物川以北の蝦夷もまた降伏して都に移住する、歩けないものは土地に残り俘囚となると誓ったからです」

白竜が笑みを浮かべて言うのを三人は唇を噛んで聞いた。

「やはりハヤオは降伏するのか」

高洋粥は空をにらんで腕を組んだ。

「闘うアイヌはひとりもいないのか。口惜しい」

トウドとヒョウガが拳でひざを叩いた。

「白竜に言われ、いろいろ調べて絵図面を書いたが役立つことはないのだな」

高洋粥ににらまれて白竜は首をすくめた。

「われらに産物の地図を書かせたことも今になっては無駄」

トウドとヒョウガはため息でうなずきあった。

「無駄ではない。すべてはハヤオとの約束通り」

「いったい何を言っているのです」

「ハヤオ様が今更どうしたと」

「わかるように言ってくれ。白竜」

あの日、飛島海賊の船室でハヤオと白竜は心を開いて話し合った。

『二万の軍勢を相手にまともに闘っては勝ち目がない。天鷺郷は降伏し都に移住すると宣言しよう。敵と味方を信じこませることができたなら、すこしは面白いことができるかも知れない。しかしそれは死を覚悟した者たちにしかできないことだ。高洋粥、トウド、ヒョウガがそれぞれの故郷に帰ると言うなら止めない。しかしそうでないのなら、私とともに闘ってもらいたい』

朝から強い西風が吹いていた。空一面が雲に覆われ、一度も顔を見せないまま陽は沈み、庄内平野は漆黒《しっこく》に包まれた。

城輪柵は穀倉地帯・庄内平野の中にある。

北の日向川《にっこうがわ》と南の最上川《もがみがわ》は天然の要害であり、物資を運ぶ舟運網《しゅううんもう》でもあった。

蝦夷征伐の最前線である由利柵への出発を二日後に控えたこの日、夜遅くまで酒宴が催された。軍勢の心をひとつにまとめ、士気を高めるために兵士全員に十分な酒がふるまわれたのだった。

日向川河口を見なれぬ形の大船が上流に向かって進んでゆく。強い西風が雲を流し、ほんの少しだけ明かりを当てた。異国船だ。舳《へさき》が高く伸び、その先端は渦を巻いている。

船首と船尾に仁王立ちの巨人がいた。二体は木像だった。木造の巨人は頂点の尖った兜を被り、異国の鎧を身につけ、背中にマントを翻している。台座には渤海国・初代王・大祚栄と刻まれていた。

異国船は強い西風に押され音もなく川面を滑った。進路を照らす灯りはなく船窓も閉じられている。上流に進むに連れ川幅は狭まり、橋が架けられていた。橋の手前で着岸すると横腹に口があき、渡板が次々と川岸にかけられた。その上を四つの黒い影が動いてゆく。影の手には黒い縄紐《なわひも》が握られていて、縄紐は荷車をひいた大型犬に繋がっていた。影も縄紐も大型犬も荷車までもが黒ずくめである。

道は城輪柵に続いている。北門の篝火が見えたところで犬と影は散った。

巨大な城柵である。中には主だった武将・兵士三千人が寝泊まりしていた。入り切らない一万七千の兵士たちは最上川河口の日和山《ひよりやま》一帯に野営している。

城輪柵の四つの門には小さな篝火が焚かれていた。すでに酒宴は終わり眠りについている。篝火のパチパチと鳴る音さえも静寂の中に溶《と》けてゆく。運悪くこの日、守衛となった兵士は愚痴を語らう相手もいない。各門にひとりずつ、片手に槍を持ち、睡魔に負けそうな身を支えていた。

その守衛の前をガラガラと荷車の音が過ぎてゆく。風に乗って、嗅いだことのない臭いが鼻を突く。不審に思って路に出ると、雨でもないのに濡れていた。鼻を突く臭いは路を濡らした液体から立ち昇っていた。守衛はガラガラと鳴る音を追いかけて走った。しばらく走り、角を左に曲がりさらに走った。すると黒い犬が黒い荷車をひいていた。黒い荷車の上の黒い大箱の小さな穴から鼻を突く臭いの液体が路に流れ出ていた。

犬の首紐を持った黒装束の男の姿がはっきり見えたのは、別門の篝火の前まできたからだった。その門にいるはずの守衛を捜した。寝転んでいた。いや、死んでいたのだ。そう知った時、首に小さな矢が刺さった。遅れて「ふっ」と誰かが息を強く吹いた音がした。異国には吹き矢という武器があると聞いたことがある。首に刺さったのはそれかもしれない。そうであれば先には毒が塗られているはずだ。日本であればトリカブトを使うだろうが異国の毒が何かはわからない。守衛はそんなことを思いめぐらしてから、目を大きく見開き、血を吐いて死んだ。

黒装束の男は門内に入った。ガラガラと荷車をひいて犬がついてゆく。犬には口輪がはめられていた。

鼻を突く液体を流しながら男と犬は城内の廊下を歩いてゆく。液体がなくなると男たちは荷車から犬をはずし、ともに駆けて門外に出た。

風が強い。四方に散った男たちは路に火の粉をまいた。大きな炎が路を走り一瞬にして城輪柵の四面に炎の壁がそびえたった。炎は強風にあおられて四つの門を潜り城内に走ってゆく。廊下を唸りをあげて疾走する。壁に燃え移り、天井を這い、屋根に飛びかかった。

大伴押科が田村麻呂の部屋の戸をあけた。

「将軍。お逃げください」

「敵は誰だ」

「わかりません。鼻を突く黒い水をまき散らし、火を放った模様です」

「異国ではその水を石油と呼ぶ。都で遣唐使が語っていた」

「まさか異国人が襲来したと?」

「さぁ。誰であろうと敵は敵だ。すぐに出陣だ」

敵を探そうとする田村麻呂を大伴押科がようやく押しとどめ、ふたりは城輪柵から脱出した。

「風上に向かえ!」

城内から脱出した武将と兵士が風上に向かって走った。風は北風に変わっていた。

「北だ。少し走れば日向川がある。川に浸かれば焼け死ぬことはない」

大伴押科に励まされて火傷を負った兵士たちが肩を借りて走った。

「見えるぞ。見えるぞ。敵のうしろ姿が」

四人の男が走っていた。

「誰か弓を持て」

兵士のひとりが追いついて弓具を渡した。田村麻呂は敵のうしろ姿から目をそらさずに矢袋を背負い、一本の矢を右手に持った。左手の弓の弦は強い北風にビューと鳴っている。

日向川が見えてきた。四人の男たちは橋から飛びおりた。が、水しぶきはあがらず音も聞こえない。

男たちの姿は見なれぬ形の大船の上にあった。城輪柵の炎上する灯りが田村麻呂たちの前に異国船を浮かびあがらせた。異国船は帆を上げて巧みに北風を捕らえると下流に向かって速度を上げ、暗闇の中に姿を小さくしてゆく。

「逃がさぬぞ」

田村麻呂は日向川沿いを下流に向かって駆けた。

大伴押科もそのあとを追った。

「誰だ。名を名乗れ」

遠ざかる異国船に向かって叫んだ。

「渤海使への非礼を許さない」

異国船の甲板で人影が動いた。

「渤海使だと？」

「渤海国を侮《あなど》るな。われらは何度でも攻め寄せるぞ」

速度を上げる異国船から声が返った。その声を頼りに田村麻呂は強く弦を弾いて暗闇の中に矢を放った。


旧出羽国府・城輪柵は燃え落ち、出羽国司・藤原牛麻呂は焼死した。泥酔し煙に巻かれて落命した武将・兵士は合わせて一千人。軍勢は体制を立て直すため越後の岩船柵まで後退せざるをえなかった。

城輪柵焼失から三日目の朝、天鷺郷に恩荷が秋田城の兵士を伴って現れた。

「誰かいるか」

床板を鳴らして恩荷はハヤオの館にあがりこんだ。うしろを一〇人の兵士がついてゆく。

「これはオンガ様」

ココユキが飛び出してきて片ひざをついた。

「どうしたのです？」

「ハヤオをこれへ」

「連れてまいればよろしいのですね」

「いや待て。ハヤオはここのところ旅に出ていたのではないか」

「いいえ。移住の準備に追われておりますので旅に出るなどはとても」

たしかに館の中は荷づくりがされていた。

「ずっとここにいたのか？」

ココユキはうなずき、奥からハヤオを連れて戻ってきた。

一斉に兵士たちが立ち上がったが、恩荷はそれを片手で制して座らせた。

ひとりの兵士が耳打ちすると恩荷は大きくうなずいた。

「お前たちは初めて見るだろう。この男が天鷺郷の酋長ハヤオだ」

恩荷は兵士たちにふり向かず、ハヤオの目を見ながらそう言った。

「ところで異国人のその後を何か知っているか」

「ここを出てふた月ですから帰国しているはず」

「どこの国のものだった」

「さぁ、アイヌの言葉を話さぬ男でしたので」

恩荷はハヤオの目に語る。

「信じていいのだな？」

「何をですか？」

「降伏して部族ごと都に移住すると誓ったことをだ」

「もちろんです」

兵士がまた耳打ちすると、いらだって遠ざけた。

「今日より二〇日後に移住を先導するために秋田城から役人がくる」

「都から二万の軍勢がくると聞いていましたが」

「事情が変わったのだ。降伏する郷に軍勢がくる必要はない。役人で十分だ」

「わかりました。お待ちしております」

恩荷が立ち去ろうとするのをハヤオが止めた。

「房住山の長面三兄弟が討たれたと噂で聞きました」

「あぁ」

「見たのですか？」

「いかにも。雄物川の川原で長面三兄弟のさらし首を見た」

恩荷は立ち上がり、兵士たちを促して先を歩かせた。館を出てゆこうとする恩荷をミゾレと
アラレが追いかけ、鹿革の胴着を指さした。

「父さまもこれを着てたら火傷《やけど》せずにすんだのに」

恩荷はふり向いた。双子のうしろでハヤオとコユキが見つめている。

「ドクダミを塗ったらすぐに治る」

恩荷は懐から小さな薬壺を取り出して双子に渡し、館を出ていった。

都の宮殿で桓武天皇は極彩色の玉座から立ち上がり、ひざまずいていた菅野真道を足蹴にした。

「酒盛りをしていて火付けに遭い、出羽国司と一千の兵を失っただと？」

菅野真道はすぐに起きあがり、片ひざ立ちで胸の前に両腕を組んだ。

「はい。そのように書いております」

「残り一万九千の軍勢は何とした」

「体制を整えるため越後の岩船柵まで後退したとのことでございます」

「火付けは蝦夷の仕業か」

ふたたび足蹴にされると思い、菅野真道はためらった。

「それが、……火付けをした者はみずからを渤海使と名乗ったようで」

「なに?」

立ち上がった桓武天皇の前で菅野真道は身を固くした。

「一〇年ほど前からわが国に遣《つか》わされる渤海使との面会がございません」

「身分が低すぎるからだ」

「帝との面会はおろか、都へ入ることも認めませんでした」

「当然のこと」

「それを恨んでの襲撃であると、副将軍の手紙にあります」

呆然として玉座に身を沈めた。

「大船で川をさかのぼり、毒矢で守衛を殺し、城柵に燃える黒い水をまいて火を放つ。とても蝦夷の戦ぶりとは思えないと将軍も仰せのようです」

桓武天皇は火付け人のすみやかな討伐を命じて菅野真道を下がらせた。

秋田城は三日後に迫った出発準備に追われていた。

役人四〇人、兵士八〇人、あわせて一二〇人が天鷺郷から都まで同行するのだからその出発準備は大掛かりである。一二台の荷車に食料と燃料が積まれ、荷車をひく一二頭の馬のほし草も積まれた。

忙しく行き交う人々を満足げに眺めていた大野西人に笑みがこぼれる。

(男鹿島には手出しせず、恩荷には褒美を与えよう)

恩荷は天鷺郷の酋長ハヤオが降伏・移住を決断したと雄物川以北に伝えて歩いた。長面三兄弟がさらし首になったこともあり、酋長たちは降伏・移住すると誓い、年寄りと足の弱いものは俘囚となって残ることを許してもらいたいと言った。恩荷から報告を受けた大野西人はそれを許した。役目を終え、男鹿島に戻った恩荷は三日後に登城することになっている。城輪柵の大惨事があったが子吉川以北の蝦夷たちに反乱・蜂起の気配はない。

（蝦夷の移住を成功させて出羽国司となるか、都に戻って権勢をふるうか）

大野西人は湧き上がる笑いを抑えきれずにいた。


その夜、月と星は厚い雲に隠れていた。高清水の丘に築かれた広大な城柵・秋田城。取り囲む外郭《がいかく》築地塀《ついじべい》の高さは二間（約四メートル）、当時貴重な瓦葺《かわらぶき》である。

篝火の燃える門から最も遠く、闇の深い場所で瓦がほんの少し音を立てた。守衛には見えないが築地塀の上に男が立っていた。跳ねて瓦の上に立ったのだ。男の手招きでまたひとり飛び跳ねて立った。そしてまたひとり。三人の男は闇の下から縄紐に結ばれた大きな盥《たらい》をひき上げた。大盥に見えたそれには牛革が強く張られていた。異国の曲芸団が使う跳ね台（トランポリン）を静かに築地塀の内側におろすと、三人はその上に飛び跳ねて城内の闇に姿を消した。


大野西人は話し声を聞いて目を覚ました。静かに掛け布団をはぎ、枕元に手を伸ばすが寝る前に置いたはずの刀剣が指に触れない。部屋の隅に背中を当てて声のする方を窺った。

話し声からしてこの部屋の中に三人の男がいるらしい。城主である自分に断りもなく。しかも三人は酒を飲んでいる。小声ではあるが会話をし、時々笑い声もあげたりしている。

暗闇に目がなれてくると寝る前に閉めたはずの雨戸が一枚あいていることに気づいた。外がほんの少し明るくなる。まだ夜明けには程遠い。雲が風に流されて月と星の光を地上に届けたのだ。光を背にして三人の影が濃くなると大野西人の歯がガチガチと音を立てた。

「お前たちは」

ようやく声になった。三人はそのあまりにも長い顔の影をふりまわして笑いかけた。

「目が覚めたようだな」

「どうだ、こっちにきて一緒に飲まぬか」

「役人の飲む酒がこれほどうまいとは知らなかった」

ガチガチと歯を鳴らしながら大きく首と手を横にふった。

「俺ではないぞ。殺せと命じたのは俺ではないぞ」

ひとつの影が立ち上がった。

「それでは誰が殺せと命じたのだ」

大野西人の腰が抜けている。

「ふ、ふ、俘囚の恩荷が勝手に矢を射るように命じたのだ」

もうひとつ、影が立ち上がった。

「さらし首を命じたのも恩荷と言うか」

「そ、そ、そうだ。恩荷がほかの蝦夷への見せしめにやれと言ったのだ」

四つ這いで部屋の中をまわり始めた。

「長面三兄弟の怨霊《おんりょう》はこれから毎晩お前に会いにくる。そしてお前だけでなく、お前の子や孫にまで祟《たた》ることとしよう」

最後の影が立ちふさがった。

「やめてくれ。やめてくれ。何でもするからそれだけはやめてくれ」

そう言い終わると、大野西人は長面三兄弟の怨霊に手足を持たれて、館の外に連れ出された。恐ろしさに気絶しそうになるが、怨霊に頬を打たれ気を失うことさえ許されない。

「祟られたくなかったら荷車と館に火をかけろ」

怨霊のひとりが弓の弦を絞った。矢の先が大野西人に向けられている。

「やり損ねればこの矢がお前の頭を射抜くことになる」

松明《たいまつ》を手渡した。

「声を出せばお前の首もさらされるぞ」

刀剣をふり上げると声を殺して荷車に走った。そして次から次へ松明の火を移した。怨霊が背中を小突くと走って別の荷車に火を放った。

一二台の荷車に大きな炎があがると城兵たちが起きてきた。大野西人は三人の怨霊に担がれて部屋に入り布団に火を移した。炎は天井に這い上がり、廊下を走り、館全体に燃え広がった。

城兵たちが群がって松明を持った大野西人を取り押さえた。

「違う。違う。長面三兄弟の怨霊に命じられたのだ」

ガチガチと歯の鳴る口を必死に動かした。

「嘘を言うな。気が触れたか。長面三兄弟の怨霊などどこにも見えぬ」

広場は燃えあがる炎で昼間のように明るい。城兵に腕を押さえられたまま、大野西人は首だけをぐるぐるまわした。


中央政府が秋田城再建を優先したため蝦夷の移住は先送りとなった。蝦夷の代わりに罪人駕《か》籠《ご》で都に送られたのは秋田城介を解任された大野西人だった。

あの夜、田村麻呂が暗闇に放った矢は北風を切り裂いてビュンと飛んだ。矢は船尾の大祚栄をよけて、高洋粥の左胸に突き刺さった。うめき声を聞いて甲板にあがった白竜が倒れていた高洋粥を見つけた。

大船の帆は北風を捕まえて速度を上げながら西に進んだ。

日向川河口から海に出たところで暗い船室に小さな明かりが灯された。

黒装束の高洋粥が左胸に矢を刺したまま仰向けに寝ている。そのまわりにハヤオ、トウド、ヒョウガがひざまずいて顔を覗いている。

白竜は甲板に上がり、帆をおろさせた。

『これより北に向かう。大櫂《おおがい》をおろせ』

四〇人の海賊は二〇人ずつ船の左右に分かれ、大櫂の先を海中に挿《さ》しこんだ。大櫂はかけ声とともに海水を掻いた。

『しっかりしろ。傷は浅い』

ハヤオが高洋粥の手を取った。

目の前のハヤオの顔が見えない。ヒョウガが明かりを持って照らした。

『顔を見せてくれ』

『一〇年も世話になった』

『この先もずっと一緒だ。そばにいてくれ』

高洋粥の目から涙が伝う。

海賊たちのかけ声とともに大櫂の海水を切る音が船室にひびく。

『うれしいよ。ハヤオ。私は天鷺郷にきてから幸福だった。天鷺郷には身分の上下がない。天鷺郷だけでなくアイヌにはそれがない。皆が平等で皆が自分の気持ちに正直だ。そして皆が人に優しい。異国の人間にさえもだ。最初の夜から見知らぬ異国人に酒をふるまい、濡れた衣服を替えさせ、焼いた熊肉を食べさせてくれた。翌朝からはまるで古くからの友のように声をかけ、アイヌの言葉を教えてくれた。うれしかった。本当にうれしかった。あんな形で別れの挨拶もせずに出てしまったことを悔いていた。でもハヤオから天鷺郷の人々が、別れの宴を催したかった。昔話に花を咲かせ、行く末を案じたかった。……そう言っていたと聞かされた時、……あぁ……私は幸福者だと』

見えない目を見開いてハヤオの顔を捜している。

『死ぬな。おい。渤海使・高洋粥。聞いているか。おい。おい』

笑顔を浮かべた。

『そうだ。私は渤海使・高洋粥だ。私は死んだあとでもともにいる。そばにいて一緒に闘う。私はアイヌと心を結んだ渤海使なのだ』

四、それこそが命

真夏を岩船柵で過ごした一万九千の軍勢に都から通達が届いたのは八月末だった。通達には征夷大将軍・坂上田村麻呂は一万の兵をひきいて陸前（宮城）の多賀城《たがじょう》に入ること。副将軍・大伴押科は三千の兵で天鷺郷の蝦夷を都へ移住させること。残り六千の兵はそれぞれの故郷に帰国することと書いていた。

田村麻呂が一万もの兵で多賀城に向かうのは太平洋側の蝦夷に反乱・蜂起の気配があるからだった。

九月に入って三日もすると岩船柵は静まり返った。通達通りに軍勢が出立したのだ。

副将軍・大伴押科は三千の兵に休息も与えずに先を急いだ。鶴岡、酒田を一日で歩き、遊佐《ゆざ》の女鹿《めが》で野営を張った。

（寝る間も惜しんで北上し、蝦夷の酋長を討つ）

大伴押科はそう心に決めている。降伏など受け入れられない。蝦夷の風上にも置けぬではないか。そのように気概のない酋長であるなら断じて生かしておかぬ。蝦夷の恥だ。わが身に流れる血がその恥辱を許さない。もしも闘うと言うなら正々堂々と闘って見事に葬《ほうむ》ってやる。

女鹿から先は三崎峠が行く手をさえぎっている。

鳥海山の溶岩が流れくだり、陸地の端で三方向に分かれて盛り上がり、海に向かって絶壁をつくった。人々はそこを三崎峠と呼んだ。

夜明けとともに女鹿の野営地から騎馬の一団が出発した。わずか六騎の先発隊の中に大伴押科の姿があった。ひと目で身分の高いことがわかる鎧兜をまとい、先頭に立って駆けている。

三崎峠には〝駒泣《こまな》かせ〟の急坂が続き、騎馬の速度は鈍った。無理をすると馬を死なすことになる。大伴押科は下馬を命じた。馬とともに徒歩で登ることにしたのだ。

夏の高い天上に太陽が昇った。馬も兵士も大汗をかいている。兵士は脱いだ兜を馬の鞍に結び、一歩一歩、馬とともに峠を登る。馬は立ち止まり、馬の尻を兵士が押して巨岩を越えた。兵士は木の根につまずき、溶岩で顔の皮をすりむいた。三崎峠の駒泣かせは馬を弱らせ、兵士を萎《な》えさせた。

海の青さが最も濃くなったとき、先発隊は三崎峠の頂上に達したことを知った。悪路に違いないがここから先はくだり坂だ。風に吹かれて疲れも消えるだろう。

その時だ。十数羽の黒い、大きな鳥が真上から垂直に急降下してくるではないか。兵士たちは頭を覆ってしゃがみこんだ。誰かが「犬鷲《いぬわし》だ」と叫んだ。十数羽の犬鷲は兵士たちの頭上をかすめて上空に昇り、また、旋回して急降下した。犬鷲は馬の目に両足の長爪を刺しこんだ。六頭の馬は鳴き狂い、もだえながらくだり坂を駆けおりてやがて見えなくなった。

大伴押科がわれに返り上空を見上げると犬鷲の影はなく、太陽がじりじりと熱線を放っているだけだった。

「皆、大丈夫か」

「はい」

「馬のあとを追うぞ」

「はっ」

六人が走りだそうとした時、全員の足が止まった。目の前に巨大なツキノワグマが二本足で立ち上がったのだ。片目が潰れていた。片目の巨大熊が二本足のまま踏みだしてくる。一隊はあとずさりした。ふり向くともう一頭、道をふさいでいた。体中が銀色の毛に覆われている。

「闘うしかない」

五人の兵士が大伴押科を囲んで前方と後方に剣先を向けた。

「まず、前方の片目を四人で始末する。うしろの銀毛をふたりで防げ」

大伴押科が言い終わると同時に片目が向かってきた。先頭の兵士の首を片目の爪が襲う。兵士は身をひねってかわした。

片目に反撃しようとしたその時、後方で「ぎゃっ」と声がした。銀毛の爪に掻きちぎられた兵士の首が道を転がった。

「応援を呼んでくる」と後方の兵士が峠の向こうに走っていった。

大伴押科がその背中を目で追った瞬間、すぐ近くで「ぎゃっ」と叫ぶ声がした。兵士の首に片目の牙が食いこんでいた。

片目と銀毛が並んだ。三人は溶岩の壁を背にして逃げ場がない。

「えい」剣をふって片目と銀毛を威嚇する。しかし二頭とも恐れる素振りもない。

片目と銀毛が同時に二本足で立ち上がった。その瞬間、大伴押科の剣が銀毛の胸を突き刺した。片目がその剣を上から叩いた。たまらず剣を放したが、剣は銀毛の胸に深く刺さって落ちなかった。銀毛は仰向けに倒れた。

片目はふたりの兵士を足爪でなぎ払った。ふたりの兵士は顔をなくしてその場で絶命した。大伴押科は倒れた兵士の剣を拾った。片目が銀毛の胸をなめている。その口はまっ赤に染まった。銀毛はピクリともしない。

片目が首をあげて大伴押科を捜した。目が合った。突進してくる。首に牙を立てる。その瞬間、大伴押科はかがんで、剣を上向きにして剣とともに立ち上がった。突き上げた剣の先が首を刺し貫いた。剣を左右にふった。全体重が落ちてきた時、片目の首が転がって銀毛の脇で止まった。

片目の下から大伴押科が這い出てきた。

二頭の巨大熊と四人の兵士の死体が転がっている。

上空から犬鷲が襲ってきてから、まるで悪夢のような一瞬の出来事だった。

「強いな」

溶岩に腰をおろした大伴押科に男が話しかけた。

「誰だ」

肩で息をしながら剣を構えて立ち上がった。

「天鷺郷の酋長ハヤオ」

「お前が天鷺速男か」

ハヤオは笑った。

「そのような名が俺に付けられているそうだな」

「私は大伴押科」

「オシカ……覚えておこう」

ハヤオは腰の剣に手を伸ばす。

「闘ってくれるのか？」

大伴押科の笑顔が大きくなってゆく。うなずいて剣を抜いた。

「おぉ。それでこそ蝦夷の酋長だ！」

大伴押科は抱きつくように前に出た。間合いを詰められて右にまわった。大伴押科も右にまわる。立ち止まると大伴押科も止まり、ふたり同時に剣をふった。互いの剣が音を立てる。相手の力量が自分の剣を通して感じられる。二度、三度、四度、お互いに相手の隙を突いて剣をふるが止められる。ふたりはそれぞれ剣を合わせながら足場を探った。

大伴押科は坂道の上側にまわって剣をひいた。下側のハヤオを見おろす形だ。踏みこむにも剣をふるにも上の方が勢いを増す。都で剣術を学んだ大伴押科はあわれんだ。ハヤオが登り坂を一歩踏みだした時、大伴押科は右上から斜めに剣をふりおろした。剣が眉間に迫る。しかしそこにハヤオはいなかった。一瞬うしろに下がったハヤオは左脇の巨大な溶岩の上に立っていた。人の背丈もある岩の上に瞬時に飛び跳ねたのだ。勢いをつけて剣をふりおろした大伴押科は右足を一歩出して坂道を転がろうとする自分の身体を踏みとどめた。目は溶岩の上のハヤオを見つけている。しかし身体が向き直るのに一瞬の遅れがあった。ハヤオは上空に飛んでいる。ようやく身体を反転させて剣を構えた時、生温かい水が自分の首から胸に伝ってゆくのを感じた。その水は眉間から湧き出して頬を伝い、首から胸に流れ落ちている。目の前にハヤオの顔がある。剣をふろうとしたが手が動かない。大伴押科はひざから崩れ落ちた。その体をハヤオが受け止める。

「お前もアイヌなのではないか」

優しい声が耳に聞こえる。

「いかにも。私はアイヌの子」

「立派な最後だった。オシカ」

「あぁ」

「オシカの魂を天に還す」

「頼む」

ハヤオはオシカの亡骸を横たえて、眉間から剣を抜いた。その剣を土に突き刺して片ひざ立ちで両手を天に伸ばした。ハヤオの口元が動いている。太陽の熱線がふりそそぐ。

「ハヤオ様、敵の騎馬隊が近づいてきます」

声をかけたのはトウドだった。ハヤオは剣を鞘に戻してトウドのうしろに飛び乗った。トウドが横腹を蹴ると馬は飛ぶように駆けていった。


一年半の歳月が流れた。

延暦一九年（八〇〇）三月、天鷺郷の人々は移住せずにそこに暮らしていた。前々年に城輪柵と秋田城を焼失し、副将軍・大伴押科を殺された中央政府は城柵再建と軍の再構築に一年半の歳月を費やした。

桓武天皇は菅野真道の具申《ぐしん》を採用し、多賀城の田村麻呂にみずから三万の軍勢をひきいて羽後の蝦夷を征伐せよと命じた。城柵と兵士を失い、その再構築に多額の費用を投じざるをえなかった桓武天皇の怒りは頂点に達している。蝦夷による犯行との証拠はないが、俘囚はおろか降伏・移住も受け入れず皆殺しにせよとの命令である。

四月、奥羽山脈の雪解けを待って三万の征夷軍は多賀城を出立した。古川まで北上し、北西に進路を変えて奥羽山脈に分け入った。鳴子《なるこ》・鬼首《おにこうべ》・秋ノ宮《あきのみや》・雄勝《おがち》と進軍。雄勝からは西に向かい院内《いんない》・笹子《じねご》・矢島《やしま》と鳥海山の北側を通り、四月末に子吉川の南岸、由利柵に到達した。

子吉川の河口、古雪湊《ふるゆきみなと》から上流の赤沼《あかぬま》まで総延長一里の柵が子吉川南岸沿いにめぐらされていた。

田村麻呂は由利柵の南側・尾崎山（標高一〇〇メートル）に本陣を置いた。

子吉川は鳥海山と出羽山地に源流を発し、幾多の支流を飲みこんで日本海にそそぐ大河である。河口の川幅は三町（約三三〇メートル）もあり、橋が架けられる望みはない。

田村麻呂は大量の船団で渡河する作戦を選んだ。三万の軍勢で対岸に侵攻し、一気に天鷺郷を制圧しようというのだ。

由利柵は子吉川北岸の監視を目的として築かれた。子吉川以北が蝦夷の土地である。さらに北、雄物川北岸・高清水の丘に秋田城を置いてはいるが蝦夷の海に浮かぶ小島のような存在だ。交渉と懐柔をくりかえし、俘囚を増やしなだめすかしながら反乱蜂起を防いできた。蝦夷もまた決定的な対立をさけ、先祖からの土地とアイヌの伝統を守っている。

「一〇〇艘の船をつくれ。一艘に二〇人が乗る船だ。一五往復で三万を渡す」

山から杉を切り出し、丸太から板を裂き、手早く仕上がる長方形の箱舟がつくられてゆく。由利柵の古雪湊に新造の箱舟が並べられた。一日に一〇艘が進水し、わずか一〇日で古雪湊は一〇〇艘の箱舟で埋め尽くされた。

尾崎山の本陣から足元の古雪湊が触れられるほど近くに見える。

渡河を翌朝に控えて警備は厳重だった。

城輪柵と秋田城の炎上の経緯を調べて田村麻呂はひとつの確信を得ていた。

(征夷軍の中に内通者がいる)

軍勢の動きが敵に漏れている。敵が何者か、田村麻呂には関心がない。

(誰が敵であっても撃破する。それだけだ)

渡河計画は三日前に三万の兵全員に伝達している。敵の耳に届き、襲来するとすれば今夜だろう。古雪湊と由利柵は篝火で覆われ真昼のように明るい。その明かりで対岸の様子まで手に取るように見えた。

対岸は静まっている。まるで動きがない。風はなく水面に波もない。軍勢は眠りに就いた。丑三《うしみ》つ時（午前二時半）、夜明けまで一刻ある。篝火が照らす子吉川の水面が虹色に輝いていた。見張りがその美しさに見とれていると、別の見張りが顔を寄せてきた。

「何か臭わないか」

「ほんとうだ。臭うな。……嗅いだことのある臭いだ」

その臭いを思い出して声をあげた時、一〇〇艘の箱舟はぶ厚い虹色の水に囲まれていた。虹色の水が流れくる方向を目で追うとそこに異国の大船がいた。

「敵だ。渤海国の大船が現れた！」

「起きろ！　起きろ！　敵だ！」

軍勢が飛び起きた。見張りの指先を追って異国船を見つけたとき、異国船から一本の火矢が放たれた。火矢は力なく弧を描いて一〇〇艘の箱舟の少し上流で落ちた。三万の軍勢から笑いが起きた。しかしその笑いは一瞬にして驚きの声に変わった。子吉川の水面が燃えているのだ。火矢の着水地点から炎があがり、川面を這って広がってゆく。あっという間に一〇〇艘の箱舟は炎に包まれた。軍勢があわてて川に入り、手桶で箱舟に水をかけた。かけた水もまた虹色である。炎は箱舟の中に燃え移り、隣の箱舟をも焼き尽くした。

「またしても石油か……燃えている箱舟に穴をあけて川に沈めろ！」

兵士たちは刀を抜き、燃えさかる箱舟の横腹や船底を突いた。穴があいて水が入り、沈んだ箱舟の炎は消えた。

一夜にして五〇艘が灰になり、三〇艘が沈み、無傷で浮かんでいる箱舟はわずか二〇艘に過ぎなかった。

田村麻呂は全軍の箱舟渡河を諦め、夜明けとともに歩兵に進軍を命じた。一刻後には上流の細い橋に到達するだろう。その時刻に合わせて騎馬を乗せた二〇艘の箱舟も渡河を決行する。敵の襲来を分散させる。もしくはどちらかは無傷で対岸に渡る作戦だ。

細い橋を人々は二十六木《とどろき》橋と呼んでいる。由利柵南側に柵戸として入植した和人が二六本の丸太を繋いで初めてこの地に橋を架けたことが由来とされている。今では歩兵が二列縦隊で渡れるほどの広さに拡幅されていた。陽が高く昇り、五月の乾いた空気が二十六木橋の上に大きな陽炎《かげろう》を揺らした。

物見《ものみ》として一〇人の兵士が陽炎の揺れる二十六木橋に足を踏み入れた。周囲を窺い、橋の下を覗きこんだ。子吉川の水面を注視し、対岸に目を凝らして剣を身構える。物見は一歩ずつ、橋の上の穴を探すような足どりでゆっくりと進んだ。

実際には橋の上に穴などない。そもそも橋は黒土で覆われていた。これまでに踏んだことのない感触の土だった。固過ぎずぬかるむこともない。歩きやすく、物見たちの足どりも軽くなった。無事に対岸にたどりつき、橋のたもとに待機している後続部隊に大きく手をふった。

「大丈夫だ。異常ない。渡れ。敵はいない。あわてるな」

武将の声に背中を押されて二列縦隊五〇人が二十六木橋に足を踏み入れた。太陽が足元を熱くする。先頭の兵士が対岸にもう少しという時に、ビュンと音がして足元に矢が刺さった。

「はずしたな」

笑った時、その兵士は火だるまになっていた。足元の黒土から炎があがっている。真昼で見えなかったが火矢だったのだ。火矢の火が黒土に燃え移り、あっという間に炎が橋全体を飲みこんだ。

「燃える土だ。焼け死ぬぞ。逃げろ。川に飛びこめ」

兵士たちは子吉川に飛びこんだ。着こんでいる甲冑《かっちゅう》の重さで半分が沈んだ。うまく甲冑を脱いで水面に浮かんできた兵士に対岸の茂みから矢が射たれた。五〇人の隊列が全滅と知った時、二十六木橋が焼け落ちた。同時に対岸に渡り終えていた一〇人の物見たちにも矢が突き刺さりバタバタとその場に倒れた。

その頃、田村麻呂の乗った箱舟は子吉川の中央にさしかかっていた。一艘の箱舟に騎馬四頭と兵士四人が乗っている。合計二〇艘の箱舟で騎馬八〇頭と兵士八〇人が古雪湊を離岸した。田村麻呂は兵士とともに櫂を漕いでいる。太陽は中空に昇り、視界をさえぎるものはない。渤海国の大船も、対岸の人の気配も、水面に波さえもない。櫂を漕ぐ音だけが子吉川にひびいていた。

その時、一頭の馬がいないた。首を上下左右にふり興奮している。その目の先は上流に向けられていた。田村麻呂が上流に目をやって驚いた。仔馬が川の上を走ってくるからだ。それも一頭ではなく何頭も。

「敵の仕業だ。油断するな」

田村麻呂は大声で船団に呼びかけた。しかしその声は馬のいななきに掻き消された。箱舟の馬が仔馬を見つけて興奮している。馬は首を上下左右にふり、手綱《たずな》を腰に結わえて櫂を漕ぐ兵士を次々と川に落とした。近づいてくる仔馬に向かって飛びこむ馬までいる。子吉川の中央は深く、馬は強い水流に流されていった。

一〇頭の仔馬が船団の目前に迫った。「ハリボテ」だった。馬の革でつくられた仔馬のハリボテが板の上に固定されている。兵士が回収したハリボテに対岸から飛んできた矢が刺さった。またしても火矢だ。ハリボテは大きな音と炎を飛ばして爆発した。無数の火矢に仔馬は次々と爆発した。その爆音に馬が驚き、狂い馬となった。狂い馬は競うように子吉川に飛びこんだ。水に落ちた馬はさらに狂い、目と歯をむきだし、首をふって流されていった。

「漕ぎ進め。ひき返したものは殺す。対岸まで漕ぎ進め」

田村麻呂はみずから櫂を握って渾身の力をこめた。兵士がそれに続いた。二〇艘の箱舟が強い水流にさからって対岸に近づいてゆく。

船団が対岸まで半町（五〇メートル）を切ってさらに近づいたとき、上空を見上げて頭を覆った。巨大な石が落下してきたのだ。ひとつではない。一度に一〇個もの岩石が空中から落ちてくる。ゴンゴンと空飛ぶ石は箱舟に落下して船底に穴をあけた。

空飛ぶ石は子吉川北岸から弧を描いて飛んできた。その石の飛び出るところに目をやって息を飲んだ。

（異国の投石機！）

茂みに隠れてはっきりとは見えないが投石機に岩石を装填《そうてん》する巨人の姿も確認できた。

「漕げ！　漕げ！　漕げ！」

櫂を水面に突き刺して水をたぐり寄せた。目の前に岩石が落下する。右に、左に、うしろに、岩石は落下して兵士の顔を吹き飛ばし、箱舟の底板を砕いた。子吉川北岸に到達し、ふり向いたとき、半分の箱舟が沈没していた。田村麻呂は剣をふって茂みを掻き分けた。そこには一〇台の投石機が置き去られていた。


二十六木橋が焼け落ちたため軍勢はさらに上流の橋を目指した。二十六木橋までの二倍の距離を歩いて到達した前郷橋《まえごうばし》は普通の木の橋だった。黒土に覆われてもいない。川幅は狭く、水量も少ない。透き通った水に川底も見える。この浅さなら溺れ死ぬことはないだろう。ただ対岸の鬱蒼とした木立が視界をさえぎっている。武将は敵の襲来に備えて弓隊を対岸に向けて構えさせた。

隊列が渡河を開始した。二列縦隊は前後左右を警戒してゆっくりと歩みを進める。前郷橋の上はわずか二〇人の兵士で満たされた。それほど短く狭い橋なのだ。隊列の中に鼻をくんくんさせるものがいた。

「近くに温泉でも湧いているのか？」

「なんのことだ」

「硫黄《いおう》がわからぬか。俺は草津の生まれだ。この臭いを嗅いで育った」

「温泉の硫黄の臭いか」

「なにやら足元から臭うような気がする」

兵士たちが足元の白い煙に気づいた。次の瞬間、前郷橋は爆音とともに木端微塵《こっぱみじん》に吹き飛んだ。白煙が視界をふさいだ。少しして風が吹いた。兵士たちが子吉川の底に沈んでいた。


わずか三〇人の兵士をひきつれて田村麻呂は子吉川北岸の新山《しんざん》（標高一四八メートル）に登った。見晴らしのきく開けた南斜面で狼煙《のろし》を上げさせ、三万の軍勢に集合地点を知らせた。これから先わずか三〇人で突き進むのは危険すぎる。軍勢の合流を待ち、体制を整えて一気に新山を北側に駆けおりる。その先に天鷺郷の中心集落があり、酋長の天鷺速男がいる。

前郷橋を吹き飛ばされた軍勢は子吉川に踏み出し、川底の石に足を取られ首まで水に浸かり、ようやく渡河を果たした。武将のひとりが狼煙に気づき、軍勢を鼓舞して歩き続け日没前に新山にたどりついた。

山を覆い尽くすように野営が張られた。捨てられた一〇台の投石機はバラバラに壊されて煮炊きの薪となった。食料は一部を残して箱舟とともに流された。橋が焼け落ち荷車での渡河を諦めざるをえなかったため、兵士たちが頭に載せて運べるだけの食料しかなかった。軍勢は疲れ、飢えていた。

田村麻呂は全軍に告げた。

「あす、天鷺郷を制圧して食料を得る。われらが勝利して戦を終えるのだ」


東側、出羽山地の上に太陽が昇った。

南側、鳥海山の残雪が朝日に赤く染まる。

西側、日本海はまだほの暗い。

新山の南斜面で東から西へ首をまわし、その美しい景色を愛《め》でた。そこにひとりの武将が一羽の鳩を両手で抱え、田村麻呂の脇にひざまずいた。

「足に手紙を巻いた鳩がおり立ちました」

「逃げずに捕らえられたのか」

「はい。まるで捕まえてくれとでも言うように近寄ってまいりました」

一読した田村麻呂は手紙を折りたたんで懐に入れると、鎧兜をまとい、腰に刀剣を差し、ひとりで歩きだした。

数人の武将が気づいてうしろに付き従おうとするのを許さなかった。


早朝の新山山頂で男が待っていた。

男は田村麻呂の前に片ひざをついた。

「天鷺郷の酋長ハヤオです」

田村麻呂は笑顔でうなずいた。

「手紙を書いたのはお前か。文字を読み書きするのだな」

ハヤオも笑顔でうなずいた。

「立派な闘いぶりであった」

首を横にふった。

「われらは降伏・移住を宣言しています。歯向かうことはありません」

田村麻呂はハヤオの目の奥を見つめている。

「願いとは何だ」

ハヤオは片ひざのまま頭を上げた。

「降伏・移住を受け入れていただきたい」

「帝が許さぬ」

「蝦夷はこの国の役に立ちます」

「帝は蝦夷の能力を知っている。知っているからこそ恐れるのだ」

田村麻呂はハヤオを立ち上がらせてから朝日に輝く鳥海山を指さした。

「美しい山だな……ハヤオ。帝は私に言われた。血筋も、在所も、顔形も関係ないのだ。同じ国の中にあって蔑む者と蔑まれる者に分けてはならぬ。血が混ざれば薄まる。皆、同じ日本国の民となるのだ。能力のある者は登用され、この国のために思う存分働くことができる。蝦夷とて同じこと。いつかは蝦夷という言葉すらなくしてみせると」

ハヤオは田村麻呂の目の奥に語りかけた。

「同じでないことを恐れてはいけません。異なるものを憎んではいけません。命あるものは皆違うのです。それこそが命なのです」

五年後、延暦二四年（八〇五）一二月、六八歳になった桓武天皇は殿中において菅野真道と藤原緒嗣《ふじわらのおつぐ》に天下の徳政について討議させた。「徳政相論《とくせいそうろん》」の場には多くの官僚・貴族とともに征夷大将軍・坂上田村麻呂も列席している。藤原緒嗣は二年ほど前に突如現れ、田村麻呂のうしろ盾を得て急速に人気を博していた。

三一歳の藤原緒嗣は人民の疲弊が著しいことを列挙して、平安京造都と蝦夷征討の中止を訴えた。

一方、六四歳の菅野真道は造都も征討もあと一息で完成する。ここでやめては諸外国から笑われ、人民も帝に心服しなくなる。蝦夷はすぐに反乱蜂起して日本国を弱体化させる。そうなればその隙を諸外国に衝かれることになると訴えた。

藤原緒嗣は年長の菅野真道に敬意を払い続け、その論を最後まで聞く。

それに対して菅野真道は藤原緒嗣の論に口をはさみ、相手の言い分を聞こうとしない。かたくなに持論にこだわり続ける菅野真道から聴衆の心が離れるのは早かった。

それを見た桓武天皇は平安京造都と蝦夷征討の中止を決定した。

藤原緒嗣は笑顔を向けた。それに田村麻呂も笑顔を返した。

宮殿の外に出た。造都中止を伝えられた労役の人々が群がり、感謝の言葉を伝えた。双子の娘が母とともに笑顔を向ける。顔の長い三兄弟も、人の二倍もある巨人も感謝の言葉を伝えた。

「私の力ではない。すべてはカムイがつくられた決まりの通りに進んで行くのだから。熊も、鹿も、猪も、鳥も、人も……。誰もカムイの命じることに背くことはできないのだよ」

藤原緒嗣は笑顔で答えた。うしろに警護の男ふたりが続く。ひとりの肩には一羽の鳩が止まり、もうひとりはマタギ犬を連れていた。

人々は藤原緒嗣のうしろ姿を見つめた。左右の耳の脇から大きな青白い鳥の羽が天に向かって広がっている……そんな気がした。


三日後、飛島海賊・白竜の館に一羽の鳩がおり立った。足に手紙を巻き付けていた。白竜は鳩の頭を優しくなでてから手紙を解いた。

一読して手紙を懐に入れた白竜はひとり館を出て行く。館のある鴨の浜から北の鼻戸崎に向かう途中で左に折れ、茂みの中に分け入った。

少し行くと鍵のかかった板戸があった。鍵をあけて板戸を開き、中に入った。

隧道《ずいどう》（トンネル）だった。はるか先に小さな光が見える。白竜は暗闇の中をためらうことなく歩いた。

やがて隧道は尽きて視界が一気に開けた。隧道は鼻戸崎の地下の岩盤をくり抜いて海の洞窟に達していた。外海からは見えない洞窟だった。

あの異国の大船が浮かんでいた。

白竜は船に乗りこみ、甲板の昇降口をあけて船室に入った。

机の上に一冊の書物があった。

頁《ページ》をめくると懐かしい文字と絵図面が表れた。

諸葛孔明《しょかつこうめい》の投石機、異国の曲芸団の跳ね台、荷車、吹き矢にいたるまで、その製造方法と材料・寸法が絵図面とともに解説文付きで克明に書かれていた。

別の頁には油田から取れる燃える黒水（重油）の精製方法が書かれていた。水に浮かぶ燃える水（石油）、燃える土（天然アスファルト）、燃える気（天然ガス）の戦での利用方法が書かれていた。また温泉の硫黄に様々な粉をかけると大きな炎をあげて爆発することも記されていた。

「渤海使・高洋粥。あなたの残した書物をハヤオが読んで聞かせ、トウド、ヒョウガ、恩荷、長面三兄弟が先頭に立って働いた。蝦夷征伐の軍勢がくるまでのわずか一年半でアイヌの人々は戦の準備をやり遂げ、そしてよく闘った。今日、手紙が届いた。帝が蝦夷征討の中止を決定したという知らせだ。すべてはあなたのおかげだ。渤海使・高洋粥」

白竜は懐から手紙を取り出して書物の間にはさみ、一礼した。

船室から出て甲板に昇り、船をおりた。

桟橋に立った白竜は船体の一箇所に鍵を差しこんでまわした。

すると異国の大船は音を立てて、青い海の底深くに沈んでいった。

（完）

謝辞

この本を手に取っていただきありがとうございます。

『秋田には素敵な先人がたくさんいる！』

『秋田には誇れる歴史・文化がいっぱいある！』

それを共有したくて私は小説を書いています。

六年におよんだ仙台勤務の二年目が終わるころ（単身赴任中・当時四七歳）、東日本大震災が発生しました。家族とふるさとを想いました。何かをしなくては……そんな想いが強くなり、震災の半年後から秋田にゆかりの小説を書き始めました。

会社の大先輩（首都圏在住）が藤沢周平の小説の舞台・鶴岡を旅してきたと感激していたのをずっと覚えていました。今で言う「聖地巡礼」です。私もそんな小説が書きたいと思ったのです。

しかし、すぐには書けませんでした。秋田の歴史を知らなかったのです。歴史小説は好きで読んでいましたが、それに秋田は登場しません。京都や東京で政治がおこなわれてきたのだから仕方がないと思いつつ、図書館や各地の郷土資料館、インターネットなどで調べるようになりました。

坂上田村麻呂《さかのうえのたむらまろ》と戦った伝説の豪族・天鷺速男《アマサギハヤオ》、日本初の主君のかたき討ち・大河兼任《おおかわかねとう》、北天の斗星・安東愛季《あんどうちかすえ》、徳川幕府が恐れた戦国大名・秋田実季《あきたさねすえ》、おそらく世界初の景観保全運動家・蚶満寺和尚覚林《かくりん》、幕末勤王の志士・金輪五郎《かなわごろう》、八甲田山雪中行軍遭難事件の生き残り・長《は》谷川貞三《せがわていぞう》……調べてみると秋田には素敵な先人がたくさんいました。

そして多くの先輩が秋田の歴史と人物を調査・研究して資料や小説にまとめていたことがわかりました。それらに触れるたびに、〝このバトンを私が受け継がなければ！〟と使命感にかられたものです。

このたび、「天造の地」「草莽」「吹雪の彼方」「天鷺に舞う」の四作品を二冊におさめて出版することにしました。「吹雪の彼方」では、吉岡興さん、宮越堯さん、加藤幹春さんに貴重な資料を提供いただきました。村上一眞さんには全体においてたくさんの助言をいただきました。そして私の無謀な挑戦を妻が応援してくれました。ありがとうございました。

これからも秋田を書いていきます。今後もよろしくお願いします。

二〇二五年　小笠原晃紀

主な取材先と参考文献

吹雪の彼方

◆主な取材先

大太鼓の館／秋田県北秋田市
八甲田山雪中行軍遭難資料館／青森県青森市
八甲田山／青森県青森市
鉢巻山／秋田県北秋田市
長慶寺／長谷川貞三墓石　秋田県能代市
浄運寺／神成文吉墓石　秋田県北秋田市
雄島・白神山地／秋田県八峰町
マタギ資料館／秋田県北秋田市
青森歩兵隊第5聯隊『八甲田山雪中行軍遭難』について語る会／秋田県北秋田市
綴子神社例大祭／秋田県北秋田市

◆参考文献

大太鼓の里／宮野明義著　無明舎出版
八甲田連峰吹雪の惨劇　第1部（前夜編・行軍編）／小笠原孤酒著　小笠原孤酒
八甲田連峰吹雪の惨劇　第2部（遭難編・葛藤編）／小笠原孤酒著　小笠原孤酒
生かされなかった八甲田山の悲劇／伊藤薫著　山と溪谷社
八甲田山消された真実／伊藤薫著　山と溪谷社
凍える帝国（越境する近代）／丸山泰明著　青弓社
近代日本戦争第1編日清日露戦争／奥村房夫監修　同台経済懇話会
キーワード日露戦争と明治日本／太平洋戦争研究会　新人物往来社
地図で読む『坂の上の雲』／清水康夫監修　日本文芸社
ある歩兵の日露戦争従軍日記／茂沢祐作著　草思社
兵士たちがみた日露戦争／いちょうコンソーシアム企画　雄山閣
広報たかのすNo．508ふるさと人物伝㊿長谷川貞三／鷹巣町役場
たかのす人物伝／長崎久著　秋北新聞社
世界遺産白神山地自然体験観察・観光ガイド／根深誠著　七つ森館

天鷺に舞う

◆主な取材先

高城山・史跡保存伝承の里天鷺村／秋田県由利本荘市
秋田城跡史跡公園／秋田県秋田市
城輪柵跡／山形県酒田市
環境省猛禽類保護センター鳥海イヌワシみらい館／山形県酒田市
三崎公園／秋田県にかほ市

◆参考文献

古代東北と渤海使／新野直吉著　歴史春秋社
三十八年戦争と蝦夷政策の転換／鈴木拓也著　吉川弘文館
蝦夷と城柵の時代／熊谷公男著　吉川弘文館
アイヌ文化紹介小冊子ポン　カンピソシ1～9／北海道立アイヌ民族文化研究センター

著者略歴

小笠原晃紀《おがさわらこうき》

一九六四(昭和三九)年 秋田県由利本荘市生。 秋田市住。

著書 「天造の地」「吹雪の彼方」 など。

吹雪の彼方

二〇二五年一月二三日　初版発行

著　者　小笠原晃紀

発　行　秋田文化出版株式会社
〒〇一〇―〇九四二
秋田市川尻大川町二―八
TEL（〇一八）八六四―三三二二（代）
FAX（〇一八）八六四―三三二三

＊

ISBN978-4-87022-625-8
地方・小出版流通センター扱